Fabian Lenk

Darklands

Im Reich der Schatten

Band 1

FABIAN LENK

DARK LANDS

IM REICH DER SCHATTEN

BAND 1

KOSMOS

Umschlaggestaltung: Weiß-Freiburg GmbH – Graphik & Buchgestaltung
unter Verwendung einer Illustration von Arne Jysch

FSC
www.fsc.org
MIX
Papier aus verantwortungsvollen Quellen
FSC® C014496

Gedruckt auf chlorfrei gebleichtem Papier

ISBN 978-3-440-15305-5

Redaktion: Ina Lutterbüse
Innenlayout und Satz: Weiß-Freiburg GmbH – Graphik & Buchgestaltung
Druck und Bindung: GGP Media GmbH, Pößneck
Printed in Germany / Imprimé en Allemagne

INHALT

Für Yannick.
Weil er so etwas immer lesen wollte.

VERBRANNTES LAND

Sie kam. Höher als ein Haus und mit der Wucht von tausend Tonnen. Sie bäumte sich vor dem Kind auf wie eine schwarze Wand. Eine Wand aus kaltem Wasser. Für einen Moment schien die riesige Welle stillzustehen.

Raven starrte sie an. Voller Panik. Er schrie, klammerte sich an einen lächerlich kleinen Holzbalken, mit dem er in den schäumenden Fluten trieb, während der Sturm über ihm tobte.

Blitze zerfetzten düstere Wolkenberge, schickten gezackte Lanzen aus Licht über den Himmel. Donner grollte. Der Regen trommelte unablässig auf ihn herab.

Der Kamm der Welle neigte sich – so, als wolle er sich verbeugen vor seinem Opfer, bevor er es zerschmetterte. Dann kippte die Woge nach vorn.

Schwarzes Wasser stürzte auf Raven zu. Er schloss die Augen. Mit vernichtender Kraft traf die Welle ihn, drückte ihn hinunter, drehte ihn wie einen Ball, spielte mit ihm, bis es ihr gefiel, ihn wieder auszuspucken.

Raven schnappte nach Luft, schluckte die salzige Brühe.

Er wollte leben, er kämpfte, er fand das Holz und umschlang es.

Die riesige Welle rauschte weiter, suchte das nächste Spielzeug.

Raven sah ihr nach, während der Regen sein Gesicht peitschte, und erblickte plötzlich einen anderen kleinen Körper, der dort in einem Wellental trieb, vielleicht zwanzig Meter von ihm entfernt.

Wer war das?

Raven rief, erhielt aber keine Antwort. Vielleicht war derjenige auch schon …

Die nächsten Wogen rollten heran und nahmen Raven die Sicht auf die Gestalt. Doch keine der neuen Wellen hatte die Macht der ersten.

Raven und sein Holzbalken tanzten über sie hinweg wie Korken.

Allmählich schwanden Ravens Kräfte. Schließlich wollte er loslassen, aufgeben, hinabsinken in eine Welt aus Stille und Nichts. Nicht mehr kämpfen müssen gegen den übermächtigen Feind, gegen den er sowieso keine Chance hatte. Frieden finden.

Schon glitten seine Finger von dem nassen Balken.

Doch in letzter Sekunde packte Raven zu. Nein, so nicht! Noch nicht.

Wieder teilte ein Blitz das Heer der Wolken. Weitere folgten, ein wahres Feuerwerk im prasselnden Regen – und als Raven einmal mehr hinaufgetragen wurde von einer der gewaltigen Wogen, erkannte er einen Streifen Land.

Land!

Raven konnte es nicht fassen. Neue Kraft flutete seinen kleinen Körper. Konnte er die Küste erreichen? Raven gab alles, er ruderte und strampelte. Doch es stand nicht in seiner Macht, wohin er gelangte. Er gehörte dem Meer. Es machte mit ihm, was es wollte.

Aber die tosende See zeigte sich gnädig. Das Meer wiegte Raven eine Weile hin und her, dann trug eine Welle ihn mit sich fort und warf ihn schließlich an den Strand. Ein nasses Bündel Mensch und ein Stück Holz.

Mit letzter Kraft krabbelte Raven den Strand hinauf, während der kalte Regen ihn mit unveränderter Wucht traf.

Als sich Raven in Sicherheit wähnte, drehte er sich um und schaute mit jagendem Atem zurück auf das wütende Meer, das alles zu verschlingen schien.

Dann griff er in sein zerfetztes Hemd und seine Finger schlossen sich um ein sehr dünnes Rohr aus Metall, das er an einem Kettchen um den Hals trug. Es war noch da. Gut. Ein kleiner Trost.

Doch wo war er hier? Raven wusste es nicht. Die Küste war nicht mehr als ein schwarzer Strich. Nirgends brannte ein tröstendes Licht. Wohin sollte er sich wenden, wo konnte er Hilfe finden?

Er schaute erneut zum Ozean. Seine Augen weiteten sich vor Entsetzen. Eine Welle, weit größer als alle, die er bisher gesehen hatte, donnerte auf die Küste zu und würde sie zerschmettern.

Sein Mund öffnete sich zu einem gellenden Schrei.

Raven schreckte aus seinem Bett hoch. Er wischte sich über die Augen, vertrieb die bösen Bilder. Sein Puls hämmerte.

Wieder dieser Albtraum. Wie fast jede Nacht. Seit über zehn Jahren suchte der Traum Raven heim, er schlich sich in seinen Schlaf und seine Gedanken wie ein Gift. Doch Raven konnte diesen verfluchten Traum nicht deuten.

Seufzend setzte er sich auf die Bettkante und schaute auf die Uhr. Halb sieben.

Raven griff nach dem Röhrchen, fühlte das kühle Metall. Gedankenverloren zog er es hervor und betrachtete es im ersten Tageslicht, das durch das kaputte Fenster in den Raum fiel.

Das Röhrchen hatte einen seltsamen Verschluss und ließ sich nicht öffnen. Raven wusste nicht, was sich im Inneren verbarg. Unzählige Male hatte er versucht, es zu öffnen, selbst mit Gewalt, doch es war ihm nie gelungen. Vielleicht war es ja auch leer.

Er hatte zudem keine Ahnung, woher er das Röhrchen hatte. Es war irgendwie immer da gewesen und Raven betrachtete es als eine Art Talisman.

Da flatterte eine Krähe heran und ließ sich auf Ravens rechtem Knie nieder. Sie legte den Kopf schief und schaute ihn an. Ihre Augen waren wie zwei tiefe, schwarze Seen und immer in Bewegung.

Raven lächelte und strich dem Vogel, den er Spy getauft hatte, über das Gefieder.

Spy war äußerst wachsam, klug und selbstbewusst. Er hatte seinen eigenen Kopf, er tat, was er wollte.

Und vor vielen Jahren war es Spy in den Sinn gekommen, aus welchen Gründen auch immer, sich Raven als Begleiter auszusuchen.

Raven, der damals sechs Jahre alt gewesen war, hatte hungrig und zitternd in der Gosse gesessen. Die Krähe war immer näher gekommen und hatte sich schließlich auf die Hand gesetzt, die Raven ihr entgegengestreckt hatte: der Beginn einer ungewöhnlichen Freundschaft.

Nun stand Raven auf, und Spy wechselte die Position: Er hockte sich auf dessen Schulter.

Raven erreichte das Fenster des Zimmers, das im zehnten Stock eines Hochhauses lag. Er wischte sich eine hellbraune Haarsträhne aus der Stirn und richtete die leicht schräg stehenden, eisblauen Augen auf die Stadt.

Gerade ging die Sonne auf. Ihre ersten Strahlen tasteten sich über ein gewaltiges Trümmerfeld – die Stadt Blackpool inmitten der Darklands.

Ravens Heimat.

Auch heute würde es wieder ein heißer Tag werden. Wie immer. Schließlich herrschte in den Darklands stets eine gnadenlose Hitze. Tagsüber war alles in ein grelles weißes Licht getaucht.

Frühling, Herbst, Winter? Fehlanzeige, allenfalls bekannt aus den Erzählungen der Älteren oder verschwommenen Erinnerungen.

Ravens Blick streifte zum Horizont. Hinter der weitgehend zerstörten Stadt Blackpool breitete sich eine endlose Wüste aus, die von Bergketten durchzogen wurde.

Eine heiße, verbrannte Welt, die es so erst seit zehn Jahren gab. Damals hatten ein gewaltiger Meteoritenschauer und ein anschließender verheerender Tsunami die Erde verwüstet. Die Welt war größtenteils in Schutt und Asche versunken, sie war verglüht, verbrannt und zermalmt worden im Dauerfeuer der riesigen Gesteinsbrocken. Dort, wo sie in die Ozeane schlugen, erhoben sich Meere zu nie dagewesener Größe und versuchten das wenige Leben, das die Meteoriten noch übrig gelassen hatten, zu ertränken. Es gelang ihnen nicht ganz. Als das Schlimmste überstanden war, sammelten sich die Überlebenden und suchten Orte, an denen Leben möglich war.

Wie in Blackpool.

Aus Erzählungen wusste Raven, dass Blackpool einst eine blühende Millionenmetropole gewesen sein musste. Doch jetzt war sie eine mit Staub überzogene Geisterstadt, die in der sengenden

Sonne vor sich hinvegetierte. Kaum etwas funktionierte noch: Das Rathaus war eine verkohlte Ruine, ebenso das einst so stolze Theater und das Opernhaus. Die ehemals eleganten Einkaufszentren, der Flughafen und die Bahnhöfe waren verfallen, die Straßen aufgebrochen wie Geschwüre und voller Narben. Die Parks glichen Steppen, ihre Teiche, in denen einst Seerosen blühten, waren lehmige Kuhlen. Eine schwarze Rauchfahne stand kerzengerade über einem eingestürzten Krankenhaus.

Da nahm Raven in einiger Entfernung eine Bewegung wahr und griff sofort zum Fernglas. Er erkannte mehrere Jugendliche in Lumpen, die etwa in seinem Alter waren und über ein Trümmerfeld streunten, wo früher ein Kinokomplex gestanden hatte.

An den roten Tüchern, die sie sich um die Oberarme gebunden hatten, erkannte Raven, dass es Mitglieder der Reds waren, einer anderen Jugendbande. Sie waren mit Messern und Eisenstangen bewaffnet.

Raven ahnte, dass die Reds auf der Suche nach Wasser, Essbarem oder Dingen waren, die sie irgendwie verwerten konnten – Schrott zum Beispiel.

Immer wieder schauten sich die Reds um, als hätten sie vor etwas Angst. Die Waffen schienen sie nur zur Verteidigung, nicht aber für einen Angriff dabeizuhaben. Mit Genugtuung stellte Raven fest, dass sich die Reds von einer Grenze aus Stacheldraht fernhielten. Denn das war die Grenze zu dem Gebiet, das die Desert Plants, deren Anführer er seit zwei Jahren war, kontrollierten.

Die ganze Stadt war in Reviere unterteilt, die zum Teil von Jugendlichen beherrscht wurden, deren Eltern nach der Naturkatastrophe verschollen waren. Am Anfang hatte man versucht, gemeinsam zu leben, doch es bildeten sich schnell Gruppen heraus, die von Typen kommandiert wurden, die nur ihren eigenen Vorteil im Kopf hatten. Inzwischen kämpften die Gangs in der verwüsteten Stadt ums nackte Überleben und waren untereinander verfeindet.

Das Gebiet der Deserts lag etwa im Zentrum von Blackpool und wurde von vier anderen Revieren umschlossen – das eine, das im Osten von ihnen lag, wurde von den Reds kontrolliert.

Auf der anderen Seite, im Westen, befand sich das Revier der Wölfe, die die Menschen, die dort einst gelebt hatten, vertrieben hatten. Niemand legte sich mit diesen mächtigen, klugen und beißwütigen Tieren an. Jedenfalls niemand, der am nächsten Morgen die ewige Sonne über Blackpool aufgehen sehen wollte.

Es gab Gerüchte, wonach das Rudel etwas sehr Wertvolles bewachte, aber niemand hatte bisher dieses Geheimnis lüften können. Die Wölfe waren einfach zu gefährlich und gerissen, sie sicherten und verteidigten ihre Grenze mit wahrer Perfektion und würden jeden zerreißen, der so dumm war, ihnen zu nahe zu kommen.

Im Süden lebten die Händler. Dieses Revier mit seinen überwiegend rostigen Tank- und Containerschiffen, den Verladeterminals und halb verfallenen Lagerhäusern wurde von den wenigen Erwachsenen kontrolliert, die es in Blackpool gab.

Und im Norden hausten die Sledgehammer, eine besonders brutale Gruppe von Motorradfahrern.

Unter den Gangs herrschte derzeit eine Art Waffenstillstand. Doch man konnte nie wissen, wie lange der hielt. Verrat, Täuschung und Hinterhalt waren in Blackpool an der Tagesordnung. Sie waren so normal wie die Ratten, die sich überall breit machten.

Die Deserts mussten ihre Grenzen also immer gut im Auge behalten und notfalls mit allen Mitteln verteidigen – und das noch aus einem ganz anderen Grund. In ihrem Gebiet gab es einen besonderen Schatz, den man ihnen neidete: Dort lag der einzige See in Blackpool, den Raven einst mit seinem besten Freund Zerron bei der Jagd entdeckt hatte. Er hieß Silver Lake und wurde von unterirdischen Quellen gespeist. Auch der Abfluss verlief unterirdisch.

Daher hatten nur Raven und seine Leute Zugang zum knappen und begehrten Wasser – in einer verdorrten, steinigen Einöde wie Blackpool ein unschätzbares Privileg. Das Wasser ließ die Deserts nicht nur überleben, sondern war auch ein wichtiges Tauschgut für sie. Dank des Silver Lake konnten sie sich zum Beispiel Nahrungsmittel, Kleidung oder Sprit für ihre Fahrzeuge besorgen. Nahrung bot der See jedoch nicht mehr – er war leer gefischt.

Um den See zu verteidigen, hatten sich Raven und seine Freunde immer besser ausrüsten müssen. Jeder von ihnen beherrschte inzwischen eine spezielle Waffe, die er immer griffbereit hatte. Raven zum Beispiel besaß einen schwarzen Bogen aus Carbon, eine elegant geformte und federleichte Präzisionswaffe mit verheerender Durchschlagskraft. Selbst auf zweihundert Meter durchbohrten Ravens Pfeile noch eine Autotür.

Außerdem hatte jeder der Deserts ein besonderes Fahrzeug. Zum Glück gab es in ihrem Team geniale Tüftler, die die Fahrzeuge, die in der zerstörten Stadt herrenlos herumgestanden hatten, in den vergangenen Jahren mit viel Liebe und Mühe umgebaut, aufgemotzt und zum Teil gepanzert hatten.

In diesem Moment krächzte Spy. Raven kannte die verschiedenen Laute des Vogels, konnte sie unterscheiden und wusste sie zu deuten. Dieses Krächzen war eindeutig ein Warnlaut gewesen.

Raven konzentrierte sich nicht mehr länger auf die Reds, sondern ließ das Fernglas über die angrenzenden Ruinen schweifen.

Er sog die Luft scharf zwischen den Zähnen ein. Ein Konvoi aus Motorrädern näherte sich aus Richtung Norden. Noch war er ein gutes Stück entfernt. Gerade verschwand der Konvoi hinter der Ruine eines großen Lagerhauses.

Motorräder ... das konnten nur die Sledgehammer sein! In den letzten Monaten war es ruhig gewesen. Vielleicht zu ruhig.

Raven fluchte leise, weil er die Typen nicht mehr sehen konnte. Das Fernglas huschte von Haus zu Haus.

Da! Da waren sie wieder! Sein sehniger Körper spannte sich.

Ein Motorrad war gerade um eine Häuserecke gebogen und fuhr auf ihr Viertel zu. Ihm folgten weitere Bikes.

Da auf der Straße große Trümmerteile lagen und sie zum Teil aufgerissen war, kamen die Motorräder nur langsam voran.

Doch allmählich rückte der Konvoi näher und nun konnte Raven die Fahrer erkennen. Alle trugen schwarze Lederjacken, aus ihren Nietengürteln ragten Wurfhämmer, in die Eisenspitzen eingearbeitet waren – das Markenzeichen der Sledgehammer.

Ganz vorn fuhr eine hünenhafte Gestalt, an deren Motorrad ein schwarzes Banner flatterte. Wie die anderen trug der Fahrer keinen Helm, und daher konnte Raven sein Gesicht erkennen. Das war

Snake, ein besonders gefürchtetes Mitglied der Bande und Ravens Intimfeind. Snake hatte sich durch besondere Brutalität hervorgetan, als es damals darum ging, die Grenzen in Blackpool zu ziehen und sich ein möglichst großes Stück des Kuchens zu sichern. Der Typ war ein dumpfer Krieger, der zwar den Wurfhammer mit fürchterlicher Wucht zu führen verstand, nicht aber eine Gruppe von Jugendlichen. Deshalb war Brutus, der etwas besonnener und vor allem klüger als Snake war, der Boss der Sledgehammer.

Aber wo war Brutus? Raven konnte ihn in dem Konvoi nicht entdecken.

Egal – Raven musste reagieren, und zwar schnell. Denn eines war klar: Die Sledgehammer kamen nicht, um mit den Deserts übers Wetter zu plaudern.

Sie wollten angreifen.

Raven schnappte sich seinen Bogen. Dann legte er einen ganz bestimmten Pfeil ein ...

ANGRIFF!

Der Pfeil zischte aus dem Fenster in den milchig blauen Himmel über der Stadt, explodierte mit einem ohrenbetäubenden Knall und ließ einen roten Feuerregen über dem Quartier der Deserts niedergehen. Das war das Zeichen für die höchste Alarmstufe.

Nun hetzte Raven nach unten. Spy flatterte neben ihm.

Hoffentlich kamen alle Deserts schnell zusammen, damit sie die Grenze besetzen und verteidigen konnten, dachte Raven, während er zwei Stufen auf einmal nahm.

Mit jagendem Atem erreichte er das Erdgeschoss, sprang über einen Haufen Ziegelsteine und stürzte aus der aufgebrochenen Tür, die schief in den Angeln hing.

Motorenlärm erwartete ihn auf der Straße und zauberte ein Lächeln auf sein angespanntes Gesicht.

Ein dunkelgraues Monster auf vier Rädern donnerte heran: der Trummer. Das allradbetriebene Ding hatte über fünfhundert PS und war eine Mischung aus einem Panzer und einem Jeep mit großer Ladefläche. Vorn hatte der acht Tonnen schwere Koloss einen gewaltigen Rammschutz und eine Batterie aus Scheinwerfern.

Der Trummer bremste scharf ab, die Tür flog auf, und Big T, der wie Zerron einer der besten Freunde von Raven war, sprang aus dem Fahrzeug. Big T war zwei Jahre älter als Raven, muskelbepackt und mit seinen knapp zwei Metern einen Kopf größer als er. Er hatte einen Bumerang in seiner großen Hand, mit dem er mit traumhafter Sicherheit traf, wenn es darauf ankam. Neben ihm lief sein Pitbull, der sofort glücklich zu sabbern begann, als er Raven erblickte. Er flitzte los, um Raven abzuschlecken. Doch der wich ihm aus, denn dafür war keine Zeit, und der Pitbull purzelte über seine eigenen Füße – eine Spezialität von ihm, die ihm den Namen Rollercoaster eingebracht hatte.

„Was liegt an?", fragte Big T.

„Die Sledgehammer", erwiderte Raven knapp. „Wir müssen die Grenzen verteidigen."

Big T grinste und schwang den Bumerang. „Ist mir ein Vergnügen."

In seinem Rücken raste eine getunte Motocrossmaschine auf sie zu. Sie wurde von Belana gesteuert. Ihre braunen glatten Haare wehten im Fahrtwind. In einem Gürtel an ihrer engen Lederkombi blitzten die Griffe ihrer pfeilähnlichen Wurfmesser, die einst von Ninjas entwickelt wurden. Belana verfehlte ihr Ziel nie.

Gleich dahinter kamen Zerron auf seinem selbst konstruierten Trike mit den beiden extrem breiten Reifen an der Vorderachse sowie der schmächtige Dippy, mit seinen ungefähr dreizehn Jahren der jüngste von ihnen. Obwohl Dippy noch so jung war, war er einer der geschicktesten Techniker. Er jagte in einem kleinen zweisitzigen Hubschrauber heran, der keine Türen hatte. Dippy wurde nur von einer Plexiglasfrontscheibe geschützt.

Aus den umliegenden Straßen und Gassen strömten weitere Deserts heran, darunter Hank in seinem Rollstuhl.

Hank, der seit seiner Geburt von der Hüfte an abwärts gelähmt war, war der einzige Erwachsene und Ravens Vorgänger als Anführer der Deserts.

Raven bewunderte Hank. Der 30-Jährige war ausgebildeter Mechatroniker und in der Lage, jede Waffe und jedes Gefährt umzubauen. Er war ein wahres Genie und hatte sein Wissen bereitwillig weitergegeben – vor allem Dippy, aber auch Zerron waren seine gelehrigsten Schüler.

Dann ließ Raven ganz kurz den Blick über seine dreißig Leute gleiten. Sie waren alle gekommen, niemand fehlte. Sehr gut.

Belana lächelte ihn an und er spürte, wie sein Herz prompt etwas schneller schlug.

Er konzentrierte sich aufs Wesentliche und rief: „Wir bekommen Besuch. Die Sledgehammer. Snake führt sie jetzt an. Sie sind bewaffnet und werden uns, so wie es aussieht, angreifen."

„Sollen sie nur", lachte Zerron und schwang seinen Bō, eine lange Stangenwaffe aus Japan. Zerron hatte jahrelang damit trainiert und war inzwischen ein wahrer Meister. Zustimmendes Gemurmel breitete sich aus. „Was können die ..."

Raven unterbrach ihn: „Es sind wirklich viele, Zerron!" Sofort trat Ruhe ein und alle schauten aufmerksam auf ihren Anführer. „Wir besetzen alle höher gelegenen Punkte. Dächer und Türme und so weiter. Von dort haben wir ein gutes Schussfeld. Haltet die Kerle auf Distanz. Sie dürfen nicht über die Grenze kommen."

„Und schon gar nicht an unser Wasser", ergänzte Belana, die sich nun neben Raven stellte.

Er nickte. „Genau. Ich klettere auf den Kirchturm." Dann teilte Raven die Leute ein. Es gab keine Widerworte, keine nutzlosen Diskussionen, für die sie keine Zeit gehabt hätten. Raven konnte sich auf seine Leute verlassen.

Keine Minute später sprang er in seinen X-Bow, einen leichten, aber stabilen Zweisitzer mit zweihundertfünfzig PS, Überrollbügel und ein paar hübschen Überraschungen für Feinde, die Raven per Knopfdruck aktivieren konnte. Die Räder mit den Breitreifen standen extrem weit auseinander und das Cockpit war tiefergelegt, sodass das Fahrzeug einen sehr niedrigen Schwerpunkt hatte. Der X-Bow konnte nahezu senkrechte Wände hinauffahren und war eine Spezialkonstruktion von Hank.

Er startete das Triebwerk, ließ den Motor aufbrüllen und genoss die Vibrationen, die den gesamten Wagen erfassten. Als Spy auf den Schalensitz neben ihn geflattert war, tippte Raven auf die Schaltwippe und trat das Gaspedal durch. Der X-Bow sprang nach vorn wie eine hungrige Raubkatze. Mit durchdrehenden Reifen schoss der Wagen los.

Schon erreichte Raven die nahe Kathedrale. Das Dach war eingestürzt, die Apsis nur noch ein Trümmerhaufen, doch einer der beiden Türme ragte fast trotzig in den Himmel.

Raven bremste, stieg aus dem X-Bow und stürmte mit der Waffe in der Hand die steile Steintreppe hinauf.

Spy überholte ihn und flog voraus.

„Alter Angeber", rief Raven ihm nach.

Nach etwa einhundert Stufen erreichte er keuchend ein breites Fenster.

Spy hockte dort bereits und drehte den Kopf in seine Richtung. Raven glaubte einen Moment lang, dass der Vogel ihn spöttisch angrinste.

Dann peilte er die Lage. Auf den umliegenden Dächern tauchten Big T, Zerron, Dippy und noch ein paar andere Deserts auf. Auch Belana war zu sehen. Sie hatte zwei ihrer Wurfmesser in den Händen. Raven wusste, dass Belana mit den spitzen Dingern eine

Cola-Dose auf fünfzig Meter traf. Von allen Deserts schätzte er sie als die gefährlichste Kämpferin ein. Weil sie nie aufgab und eher sterben würde, als sich zu ergeben.

Unterdessen waren die Feinde nur noch wenige Meter von der mit Stacheldraht versehenen Barriere aus Schrott entfernt, die die Grenze zum Revier der Deserts bildete.

Snake ließ den Motor seiner Maschine aufbrüllen, dann stoppte er und stieg ab.

Raven versuchte, seinen Atem zu kontrollieren. Er musste ruhig werden für das, was er vorhatte. Völlig ruhig.

Nun hob Snake die Hand und die anderen Sledgehammer stoppten ebenfalls.

Mit spitzen Fingern zog Raven einen ganz bestimmten Pfeil aus dem Köcher.

Ein weiterer mächtiger Krieger trat neben Snake: Es war der dicke Hector, ein nicht besonders heller Kerl. Ein Typ fürs Grobe und ein gefürchteter Kämpfer.

Snake kletterte auf ein Autowrack an der Grenze und riss den massiven Wurfhammer in die Höhe.

„Das wird unser Gebiet!“, schleuderte er den verschanzten Deserts entgegen. „Wir können das friedlich regeln, indem ihr hier einfach abhaut. Oder aber ihr tut uns den Gefallen und wehrt euch.“

Seine Leute lachten und johlten.

Raven atmete jetzt flach und ruhig. Er kontrollierte den Pfeil. Die Spitze war mit einer anderen Spezialladung versehen als der Pfeil, den er für den Alarm verwendet hatte.

„Was ist mit euch? Kommt aus euren Löchern und sagt mir, wie ihr es haben wollt!", rief Snake. Es folgten ein paar deftige Beleidigungen.

Raven legte den Pfeil ein und spannte den Bogen bis zum Anschlag. Er zielte auf eine ganz bestimmte Stelle.

„Okay! Dann jagen wir euch Ratten jetzt raus!", schrie der Boss der Sledgehammer.

Raven wurde eins mit seiner Waffe. Er hielt den Atem an, konzentrierte sich. Eine Schweißperle bahnte sich ihren Weg über die Stirn bis zu seiner Nasenspitze. Als sie heruntertropfte, schoss Raven.

Der Pfeil zischte wie geplant an Snake vorbei und bohrte sich in sein Ziel: in den Tank von dessen Motorrad.

Dank der kleinen, aber höchst wirksamen Sprengladung in der Pfeilspitze explodierte der Tank. Eine Feuerfontäne stieg empor. Das Motorrad bockte wie ein scheuendes Pferd, die Räder flogen zur Seite, der Beiwagen wurde abgerissen und krachte in ein anderes Fahrzeug der Sledgehammer. Snake, der am dichtesten bei seiner Maschine stand, wurde von dem Dach des Autos gefegt und krachte hart auf den brüchigen Asphalt.

Metallteile flogen umher und plötzlich spürte Raven einen heftigen Schmerz am linken Oberarm. Blut floss. Ein herumfliegendes Trümmerteil musste ihn erwischt haben. Es brannte höllisch und er biss die Zähne zusammen.

Die anderen Sledgehammer suchten Deckung, während von den umliegenden Dächern Jubel und höhnisches Gelächter der Deserts zu hören waren.

Raven konzentrierte sich auf Snake und sah, dass er sich gerade wieder aufrappelte. Offenbar war er so gut wie unverletzt. Das galt auch für die anderen Sledgehammer – ein kleines Wunder.

Im Gegensatz zu seinen Leuten, die sich versteckt hielten, kletterte Snake erneut auf das Dach der alten Karre. Er schaute sich prüfend um und entdeckte Raven im Kirchturm.

„Da bist du ja, du Feigling!“, brüllte er und deutete mit dem fürchterlichen Wurfhammer auf ihn. „Komm runter und stell dich. Mann gegen Mann!“

„Verschwinde!“, schleuderte Raven ihm entgegen. „Und nimm deine Truppe gleich mit. Falls du sie findest, die hat sich ja verkrochen.“

Wieder gab es Gelächter von den anderen Deserts.

Snake bellte ein Kommando und seine Leute kamen langsam wieder hervor. Hector baute sich neben seinem Boss auf.

„Du hast mein Motorrad zerstört, Raven. Dafür wirst du büßen!“, tobte er.

Raven ahnte, was in Snake gerade vorging. Schließlich wusste er, was die Motorräder den Sledgehammern bedeuteten: alles.

„Ich werde dich und dein elendes Pack vernichten!“, geiferte der Anführer der Sledgehammer.

„Na klar, aber vorher solltest du vielleicht mal deinen Chef Brutus fragen, was er davon hält, dass du dir dein Motorrad fast unter dem Hintern wegschießen lässt.“

Snake ballte die Faust. „Brutus? Pah! Wer ist Brutus, zur Hölle? Dieser Lappen mit seinem Kuschelkurs! Ich habe das Weichei abgesetzt, jetzt habe ich hier das Sagen. Vorbei sind die Zeiten, wo ihr euer Wasser gegen unser Benzin tauschen durftet.“

Das hatte Raven befürchtet und das war eine wirklich schlechte Nachricht. Die Sledgehammer kontrollierten das einzige noch funktionierende Ölfeld und die dazu gehörende Raffinerie in Blackpool … Sie hatten die Macht über den Treibstoff, während die Deserts den einzigen Zugang zum Wasser hatten. Der Tauschhandel hatte immer ganz gut geklappt. Bis jetzt …

„Ab sofort nehmen wir uns, was wir haben wollen. Zum Beispiel euer Wasser und euer Revier“, fuhr Snake fort. „Wenn euch etwas an euren armseligen Leben gelegen ist, werdet ihr euch jetzt hier ganz schnell verkrümeln!“

Da hatte Raven eine Idee.

„Nein, du wirst gehen und deinen traurigen Haufen mitnehmen“, rief er.

„Warum sollten wir?“

„Weil um euch herum überall Sprengfallen aufgebaut sind“, erwiderte Raven vom Turm. Das war zwar frei erfunden, klang aber ziemlich gut, fand er. „Wir können sie jederzeit hochgehen lassen. Dann fliegst du mit deinen Leuten bis zum Hafen, Snake. Mindestens.“

Raven beobachtete, wie Snake und Hector die Köpfe zusammensteckten. Dann winkte Snake noch ein paar andere seiner Leute heran. Offenbar beratschlagten sie sich.

Eine Minute verstrich, dann zwei. Raven hoffte, dass sein Plan aufging. Vielleicht würden sie eine Schlacht gewinnen und die Sledgehammer vertreiben. Aber sie hätten mit ziemlicher Sicherheit Verluste zu beklagen.

Verluste …

Er schaute hinunter zu Belana, die hinter einer zersplitterten Neonreklame kauerte, ihre Wurfmesser gezückt.

Sein Blick wanderte wieder zu Snake. Der neue Anführer stieg gerade auf die Maschine von Hector, der hinter ihm Platz nehmen musste. Die anderen Sledgehammer folgten seinem Beispiel. Dann setzte sich der Konvoi wieder in Bewegung – und zwar in Richtung des eigenen Reviers.

Raven atmete auf. Es hatte funktioniert. Den Gegnern war das Risiko eines Angriffs offenbar zu groß, sie zogen ab!

Doch da drehte sich Snake noch einmal um und schrie: „Freut euch nicht zu früh. Wir kommen wieder! Und dann werden wir euch zermalmen!"

DAS VIERTEL DER HÄNDLER

Kurz darauf lenkten die Deserts ihre Fahrzeuge in eine geheime Tiefgarage, deren Einfahrt einst komplett verschüttet gewesen war. Doch Raven und die anderen hatten sich einen Zugang verschafft, der gerade groß genug war, dass sie bei Bedarf ihre Fahrzeuge dort verbergen konnten.

Nur die Deserts kannten diesen Zugang – und auch nur sie kannten den angrenzenden Bunker: ihren letzten Zufluchtsort für alle Fälle. Dort stand auch ein Wassertank mit ihrer eisernen Reserve für Notzeiten.

Raven lief mit Belana an seiner Seite zu einer angrenzenden alten Schule, in der die Deserts ihr Lager aufgeschlagen hatten. Hinter ihnen folgten die anderen.

Auf dem Weg kamen sie auch am Silver Lake vorbei, der ihnen das Überleben in Blackpool sicherte. Aus einem Pumpenhaus war das Brummen eines Dieselmotors zu hören, der von Hank ständig gewartet wurde. Eine Filteranlage und mehrere große Tanks standen am teils betonierten Ufer.

Kurz danach folgte der kleine Friedhof der Deserts, der hinter einer verdorrten Hecke lag. Zehn schiefe, verwitterte Kreuze standen dort.

Nun erreichten sie den Schulhof, auf dem ein verkümmerter Baum seine dürren Äste in den Himmel streckte, als wolle er sich ergeben. Die Pfosten, die einst zwei Fußballtore markiert hatten, waren verfault. Immerhin gab es noch einen Basketballkorb. Bei der Turnhalle und den angrenzenden Umkleiden fehlte das Dach. Hier hatte Hank seine riesige Werkstatt, wo er an den Waffen und Fahrzeugen der Deserts herumtüftelte.

Die früheren Klassenräume, die Lernküche und das Lehrerzimmer waren in einem besseren Zustand.

Und genau hier, im Lehrerzimmer ohne Lehrer, befand sich das Hauptquartier der Deserts. Mehrmals in der Woche kamen sie hier zusammen, um ihren Alltag zu organisieren und Probleme zu regeln. Meist ging es um den Wachdienst, die Zuteilung von Wasser oder die Reparatur von Fahrzeugen oder Waffen. Hier wurde aber auch oft gemeinsam gegessen.

Lärmend strömten die Deserts ins Lehrerzimmer und lümmelten sich auf die Stühle, auf denen einst die Mathe- oder Sportlehrer gesessen haben mochten, als die Welt noch nicht aus den Fugen geraten war. Raven schnappte nur Gesprächsfetzen auf. „Was ist bloß in die gefahren?“ – „Was Hector wohl mit Brutus gemacht hat?“ – „Die kommen wieder!“ – „Wie sollen wir in Zukunft an Benzin kommen?“

Raven stellte den Bogen griffbereit ab und setzte sich ans Kopfende des Tisches. Als er den Stuhl heranzog, pochte die Wunde an seinem Arm.

„Das war echt eine coole Idee von dir, Raven!“, rief Zerron und lachte. „Sprengfallen!“

Auch Big T, zu dessen Füßen Rollercoaster kauerte, lobte Raven. „Stimmt, gute Nummer! Snake hat ganz schön blöd geschaut.“

Raven hob die Hand, um alle zum Schweigen zu bringen. „Wenn ihr alle nicht gewesen wärt, hätte es nicht funktioniert. Wir haben es gemeinsam geschafft. Schließlich war nicht nur meine Waffe auf die Typen gerichtet.“

Dippy meinte: „Okay. Aber vielleicht sollten wir so etwas wie Sprengfallen wirklich mal konstruieren ...“

Raven nickte. Irgendetwas mussten sie sich einfallen lassen. Dippy könnte so etwas hinbekommen.

Auch die anderen nahmen den Ball auf. Es gab eine rege Diskussion. Raven lehnte sich zurück und hörte zu.

„Lass mich das mal anschauen", meinte in diesem Augenblick Belana und beugte sich über die Wunde an Ravens Arm. Behutsam strich sie neben der blutverkrusteten Stelle entlang. Ihre Finger waren leicht wie eine Feder. Raven bekam eine Gänsehaut.

„Ist nicht weiter schlimm", urteilte sie. „Aber wir müssen die Wunde säubern und verbinden."

Belana stand auf und kam kurz darauf mit einem kleinen Rucksack wieder. Daraus zog sie einen fast sauberen Verband, eine Flasche ohne Etikett und eine Dose hervor.

Jeder der Deserts hatte eine bestimmte Aufgabe in ihrer Gruppe – und Belana konnte nicht nur hervorragend mit Wurfmessern umgehen, sondern kannte sich auch bestens mit Heilkräutern aus, seit sie in der zerstörten Bibliothek ein paar entsprechende Fachbücher gefunden hatte. Auch viele andere Bücher hatte sie mitgenommen und immer wieder versuchte sie, auch die Jüngeren von ihnen zum Lernen anzutreiben. In dieser Welt hieß Wissen Überleben.

Die Kräuter baute sie im ehemaligen Biotop der Schule an. Sie hatte die Erlaubnis der anderen Deserts, etwas von dem kostbaren Wasser abzuzweigen, um die Pflanzen zu hegen und pflegen.

Belana reinigte die Wunde mit dem Mittel aus der Flasche.

Raven stöhnte leise auf. Das Zeug brannte wie die Hölle.

„Fast neunzigprozentiger Alkohol. Ziemlich fies, wirkt aber", meinte Belana lächelnd.

Dann schraubte sie den Deckel von der Dose.

Kritisch schaute Raven auf die schmutzig braune Paste darin. „Was ist das?“

„Eine Mischung aus entzündungshemmender Quitte und blutstillendem Hirtentäschel“, erklärte sie, während sie die Paste auf ein kleines Stück Tuch auftrug und schließlich vorsichtig auf der Wunde platzierte. „Außerdem ist da Spitzwegerich drin. Das wirkt antibakteriell und reinigend. So, und jetzt kommt da noch der Verband drum.“

„Gut“, meinte Raven und lächelte. „Danke.“

Sie hielt inne und schaute ihn an.

Raven erwiderte den Blick und schluckte. Belanas Augen waren zwei kleine, grüne, funkelnde Seen in einem mit Sommersprossen übersäten Gesicht.

Jetzt kam sie dicht an sein Ohr und er spürte, wie sein Herzschlag sich verdoppelte.

„Das hast du vorhin wirklich gut gemacht“, wisperte sie und hauchte ihm verstohlen einen Kuss auf die Wange.

Dann fuhr sie fort, ihn zu verbinden, während er wie erstarrt war.

„So, fertig“, sagte sie kurz darauf und wandte sich von ihm ab.

Schade, dachte er. Er murmelte ein Dankeschön und versuchte, sich auf die anderen Deserts zu konzentrieren.

„Es könnte eine Lichtschranke sein“, sagte Dippy gerade. Wie immer, wenn er aufgeregt oder von einer seiner Ideen begeistert war, sprach er sehr schnell und viel. „Wenn man durch sie hindurchläuft oder -fährt, wird der Sprengsatz gezündet. Vielleicht können wir mit Benzin gefüllte Fässer nehmen.“

Hank schüttelte den Kopf. „Nein, das wird nichts“, sagte er. „Das Benzin brauchen wir für unsere Fahrzeuge.“

„Richtig. Außerdem ist unser Gebiet viel zu groß, als dass wir es komplett mit Lichtschranken sichern könnten“, ergänzte Zerron.

Raven gab den beiden in Gedanken recht. Benzin war kostbar und außerdem in Zukunft vermutlich knapper denn je. Schließlich war die Frage, ob die Sledgehammer noch mit ihnen tauschen würden. Andererseits brauchten die Mistkerle Wasser.

„Aber wir könnten statt Benzin etwas anderes nehmen“, hob Dippy an, der sich offenbar noch nicht geschlagen geben wollte. „Zum Beispiel ...“

„Nein“, unterbrach Zerron ihn. „Egal was es ist, wir brauchen dafür irgendeine Form von Energie.“

Da wurde Dippy wütend. „Was du nicht sagst! Dann mach doch einen besseren Vorschlag, wenn du so oberschlau bist.“

Raven zog die Augenbrauen hoch. Dippy war verdammt ehrgeizig und litt mitunter darunter, dass man ihn – den Jüngsten und Kleinsten – manchmal nicht ganz für voll nahm. Das brachte ihn auf die Palme.

„Na, was ist?“, fauchte Dippy Zerron an, doch der ließ sich noch nicht einmal zu einer Antwort herab.

„Wie wäre es, wenn wir die Sonne oder den Wind für die Energiegewinnung benutzen?“, fragte stattdessen ein Mädchen namens Mia, die eine besonders gute Sammlerin war. „Davon haben wir reichlich.“

„Schon richtig, es gibt ja auch einige Anlagen in der Stadt“, erwiderte Zerron. „Aber die sind alle kaputt. Wir haben keine Ersatzteile und wissen auch gar nicht, wie man so etwas repariert. Oder hast du davon eine Ahnung, Hank?“

„Nein, ich habe mich immer mehr mit der Umsetzung von Energie beschäftigt als mit der Gewinnung“, gab er zu und schaute zu Raven. „Was sollen wir deiner Meinung nach tun, um uns zu verteidigen?“

Raven lehnte sich zurück. „Fürs Erste viel mehr Wachen aufstellen“, antwortete er. „Dabei wird nur unsere eigene Energie verbraucht.“ Er lächelte. „Und die ist erneuerbar.“

Big T tätschelte den Hals von Rollercoaster, der inzwischen auf seinem Schoß saß und den Kopf auf den Tisch gelegt hatte. „Das halten wir aber nur durch, wenn wir ausreichend zu essen haben. Wann wirst du wieder auf die Jagd gehen, Raven?“

„Noch heute“, erwiderte er. Es gab zwei Möglichkeiten, etwas Essbares in Blackpool aufzutreiben: durch Handel oder durch die Jagd. Raven war der beste Jäger unter ihnen und Big T verstand es, daraus etwas Feines zu kochen – oft auch für die gesamte Mannschaft.

Raven stand auf und verließ mit Spy die Schule. Die Krähe war ein unentbehrlicher Begleiter auf der Jagd, besser als jeder Hund. Spy war Ravens Auge in der Luft.

Als Raven das Gelände verlassen wollte, erklang Zerrons Stimme: „Warte!“

Raven drehte sich um. „Was ist?“

„Soll ich nicht mitkommen?“, fragte sein Freund.

„Wozu?“, erwiderte Raven und schüttelte den Kopf.

Zerron grinste. „Jemand sollte doch auf dich aufpassen. Du hast vorhin schon etwas abbekommen.“

Nun musste auch Raven lächeln. Zerron war ein hervorragender Kämpfer und guter Tüftler, aber für die Jagd war er nicht geschaffen. „Du Trampel vertreibst mir nur das Wild."

„Ich und ein Trampel? Du Spinner!", rief Zerron empört, doch Raven sah, dass Zerrons Wut nur gespielt war.

„Okay, das nehme ich zurück. Aber du bleibst wirklich besser hier", meinte Raven. „In der Zentrale wirst du viel mehr gebraucht."

Zerron trat neben ihn. „Ich weiß nicht. Irgendetwas liegt in der Luft. Du solltest nicht allein gehen."

Raven schüttelte erneut den Kopf. „Ich bin nicht allein. Ich habe Spy."

„Spy ist nur ein Vogel."

„Nein", widersprach Raven. „Er ist weit mehr als das. Er ist wie ein Wächter. Und er hat tausendmal bessere Augen als du und ich zusammen."

„Mag sein", sagte Zerron und schürzte die Lippen. „Aber was nützen dir seine Augen, wenn man dich angreift?"

„Spy wird mich rechtzeitig warnen", entgegnete Raven. Er spürte, wie er langsam ungeduldig wurde.

„Hoffentlich ..."

Raven wollte sich abwenden, doch dann hielt er inne. „Nett, dass du dich um mich sorgst, Bruder!"

„Ich? Mich um dich sorgen?", erwiderte Zerron schnell und grinste breit. „Wenn Snake oder Hector oder wer auch immer dich einen Kopf kürzer macht, wäre es einfach schade um das leckere Wild, das wir dann vermutlich nicht mehr bekämen. Du bist schließlich unser bester Jäger."

„Sehr nett von dir, richtig rührend", sagte Raven und lachte.

Zerron legte einen Arm um seine Schultern. „He, Alter – du sollst nur wissen, dass ich immer da bin, wenn's mal richtig eng werden sollte."

Raven schaute ihn direkt an. „Das weiß ich. Ich kann mir keinen besseren Freund vorstellen. Aber jeder von uns hat seinen Platz und seine Aufgabe. Ich bin der Jäger, du bist der Techniker. Geh zu den Karren und sorg dafür, dass sie in Schuss bleiben."

„Okay", sagte Zerron. „Viel Glück auf der Jagd!"

Dann ging er.

Raven schaute ihm noch einen Moment nach. Dann wandte er sich ab und stieg zunächst auf einen Schuttberg in der Nähe der Tiefgarage. Dort ließ er seinen Blick über ihr Revier streifen. Spy flatterte ein gutes Stück über ihm und begann Kreise zu drehen.

Raven hoffte, einen Waschbären oder – noch besser – ein Reh für sich und seine Freunde zu erlegen. Viele Tiere hatten die Scheu vor den Menschen ablegt; die Futterknappheit in der verwüsteten Welt hatte sie in die Städte getrieben.

Raven konnte keine verdächtige Bewegung ausmachen. Auch Spy blieb still. Offenbar war kein Tier in der Nähe, für das es sich lohnte, den Bogen zu spannen.

Also kletterte Raven von dem Berg und begann ihr Revier zu durchstreifen. Er hielt sich in Richtung Süden und achtete darauf, den Grenzen der anderen Reviere nicht zu nahe zu kommen. Raven blieb im Schatten der Gebäude, die einst die Fußgängerzone gesäumt hatten. Keine Scheibe war mehr heil. Zersplitterte Lichtreklamen krönten die Dächer der vor vielen Jahren aufgegebenen Supermärkte und Einkaufspassagen. Aus der Klimaanlage eines Shops hing ein Bündel Kabel wie Spaghetti, in einer ehemaligen Boutique glotzte Raven eine Schaufensterpuppe an, der beide Arme fehlten. Sonst war der Laden leer geräumt worden. Kleidung war knapp. Dann kam er an einem Lokal vorbei, in dem tatsächlich noch ein paar Tische standen. Darauf lag eine dicke Schicht Staub und …

Raven verharrte, riss den Bogen hoch.

Eine Bewegung, unter dem Tisch ganz links!

Doch halt … das war nur eine feiste Ratte, die jetzt flink in Richtung Küche tippelte, als ob es dort noch etwas zu essen gäbe.

Raven ließ die Waffe sinken und ging weiter. Er erreichte einen runden Platz mit ein paar Bänken und einem großen Brunnen, in dem natürlich längst kein Wasser mehr sprudelte.

Dort hielt sich Raven weiter in Richtung Süden und gelangte schließlich zum Viertel der Händler am Hafen. Es war für alle zugänglich, denn nur hier gab es Lebensmittel oder Kleidung und Ersatzteile für Fahrzeuge und Waffen, die auf den Schiffen herangebracht wurden. Das Viertel wurde dennoch gut bewacht, weil die Händler in ständiger Angst vor einem Überfall lebten. Zu Recht.

Hier könnte Raven vielleicht auch etwas zu essen eintauschen – aber nur gegen Wasser. Doch das kam zurzeit nicht infrage. Sollten die Hammer wirklich angreifen, mussten sie ihre Ressourcen sparen. Und schließlich war Raven ein Jäger. Also blieb er auf Distanz. Er hoffte, dass sich irgendein Tier den Händlern näherte, angelockt von den essbaren Waren, die sie in den Lagerräumen angehäuft hatten.

Raven verbarg sich hinter einem ausgebrannten Autowrack und behielt die Grenze im Auge.

Dabei schossen ihm Gedanken durch den Kopf, Erinnerungen.

Das Hafenviertel ... hier war er aufgewachsen, aber nicht bei seinen Eltern, sondern bei einem mürrischen und schmierigen Händler namens Bosco, der ihn aufnahm, als Raven ungefähr sechs Jahre alt war. So jedenfalls hatte Bosco es erzählt. Raven konnte sich nicht an seinen Geburtstag erinnern, deswegen konnte er auch nur schätzen, wie alt er wirklich war.

Bosco, der alles und jeden verkaufte, solange der Preis stimmte, extrem misstrauisch war und nie lachte, war kein lieber Elternersatz gewesen. Von Anfang an hatte er in Raven nur eine billige Arbeitskraft gesehen. Als er noch zu klein und schwach für die harte Arbeit in den Lagerräumen war, hatte Bosco ihn auf den Pieren betteln geschickt. Zwölf, manchmal vierzehn Stunden am Tag.

Wenn er Glück hatte, erhielt Raven etwas Brot, einen Apfel oder eine halb volle Keksschachtel von den Leuten im Hafen. Alles, was er bekam, musste er bei Bosco abliefern.

Oft jedoch ging Raven auch leer aus, denn Mitleid war in Blackpool ebenso fehl am Platz wie eine Bibel oder ein Weihnachtsbaum. Man hatte dafür weder Zeit noch Verwendung.

An diese Tage erinnerte sich Raven mit Grauen. Nicht weil er nichts abgestaubt hatte auf der Pier, sondern weil Bosco ihn geschlagen hatte. Außerdem hatte er auch nichts zu essen bekommen, wenn er nach den zwölf Stunden mit leeren Händen in Boscos dunkle Bretterbude gekommen war.

„So ist das unter Händlern“, hatte Bosco zwischen den Schlägen gezischt. „Wenn du mir nichts gibst, kannst du auch nicht erwarten, dass ich dir etwas gebe. Nur Schläge gibt es umsonst!“

Raven verlernte das Weinen, er verlernte, Schmerz zu zeigen. Doch er verlernte nie, Hoffnung zu hegen.

„Du taugst zu nichts“, hatte Bosco ein anderes Mal gesagt. „Noch nicht einmal zum Betteln. Du rührst niemanden mit deinem verbockten, störrischen Gesicht.“

Sobald Raven acht Jahre alt war, zwang Bosco ihn zu harter körperlicher Arbeit.

„Vielleicht kannst du das ja besser und hörst auf, mir auf der Tasche zu liegen“, lautete Boscos Hoffnung.

Bei der harten Arbeit lernte Raven auch Zerron kennen, dem es nicht besser erging als ihm. Auch er war ein Sklave Boscos. Als Raven kurz vor seinem zehnten Geburtstag unter einem Getreidesack zusammenbrach und die wertvolle Last ins Hafenbecken kippte, misshandelte Bosco ihn erneut.

Während die Schläge auf Raven einprasselten, packte ihn eine unglaubliche Wut. Er kam hoch und steckte all seine Wut und seinen Hass in einen einzigen Hieb, der dem Händler die Nase brach.

Raven floh, und Zerron schloss sich ihm an. Die beiden Freunde stürmten aus dem Viertel der Händler und landeten auf Umwegen bei den Desert Plants, einer Gruppe, die damals nur aus etwa zehn Jugendlichen und einem Erwachsenen bestand: Hank, der zu diesem Zeitpunkt deren Anführer war.

Raven stellte schnell fest, dass Hank bestimmte Regeln aufgestellt hatte, nach denen sie lebten: Beschlüsse, wie etwa die Wahl zum Anführer, wurden nach dem Mehrheitsprinzip gefasst. Jeder bekam zudem eine genaue Aufgabe, je nach Talent oder Interesse – als Techniker, Jäger oder Sammler, als Heilkundiger oder Krieger.

Ravens Talent als Jäger zeigte sich schnell und so zog er schon bald durch die Trümmerlandschaft, damals noch mit einem einfachen Bogen. Aber auch sein Wort hatte bereits recht früh Gewicht. Die anderen hörten auf ihn und innerhalb von zwei Jahren wurde Raven ein enger Vertrauter von Hank.

Die Gruppe wuchs rasch an. Mit dem See kam die Sicherheit. Alle hatten ihre Jobs innerhalb der Gruppe gewissenhaft zu erledigen. Wer Regeln missachtete und zum Beispiel während des Wachdienstes schlief oder anderen etwas wegnahm, wurde von der Gruppe bestraft. Die Strafen reichten von Zusatzschichten im Wachdienst über Essensentzug bis zum Verstoß aus der Gruppe, was einem Todesurteil gleichkommen konnte.

Parallel sorgte Hank dafür, dass die Deserts immer besser mit Fahrzeugen und Waffen ausgestattet wurden, die er zum Teil selbst herstellte oder umbaute.

Oft sah Raven ihn an den Maschinen herumschrauben.

Eines Tages, Raven war damals fünfzehn Jahre alt, hatte Hank ihn herangewinkt.

„Du bist ein verdammt guter Jäger“, hatte er ihn gelobt. „Aber ich glaube, dass du sogar noch mehr kannst.“

„Was denn?“

„Meinen Job“, hatte Hank erwidert und gelacht.

„Du spinnst.“

„Nein“, sagte Hank und war schlagartig sehr ernst geworden. „Ich habe ein gewaltiges Handicap, wie du weißt. Immer dann, wenn wir kämpfen müssen, kann ich zwar die Verteidigung organisieren, nicht aber in vorderster Front dabei sein – aber genau das erwarteten die Leute von einem Anführer."

„Nein", hatte Raven erwidert.

„Doch, so ist es. Du solltest mein Nachfolger als Anführer werden. Ich kümmere mich weiter um die Ausrüstung, die Waffen, die Fahrzeuge. Aber die Deserts brauchen einen wie dich, der sie notfalls auch in die Schlacht führt. Du hast das Zeug dazu."

Raven hatte eine Weile gebraucht, um sich an den Gedanken zu gewöhnen, aber dann eingewilligt und sich zur Wahl gestellt. Das Ergebnis war einstimmig gewesen, was Raven mit Stolz erfüllt hatte. Aber ihm war auch klar, dass er eine große Verantwortung angenommen hatte und man sich auf ihn verließ. Er schwor sich, seine Familie, die Deserts, nie zu enttäuschen. Und auf den Rat des erfahrenen Hank verzichtete er bis heute nicht. Hank war so etwas wie ein Vater für ihn geworden.

Raven versuchte einmal mehr, sich an seine wahre Familie zu erinnern. Denn da war – nichts. Wie ein Filmriss.

Er ahnte, dass er Mutter und Vater damals bei der Naturkatastrophe verloren hatte. Hatte er Geschwister, Großeltern, irgendwelche Wurzeln? Woher kam er eigentlich, wo hatte er gelebt, bevor er Bosco in die Hände gefallen war? In Blackpool?

Raven hatte keinen blassen Schimmer …

Alles, was er über die Katastrophe wusste, hatte er von Freunden gehört. Er selbst hatte keine Erinnerungen an das Unglück, das über die Welt hereinbrach, als Raven ein kleiner Junge gewesen war.

Für einen kurzen Moment legte sich die Trauer über ihn wie ein fein gewebtes Tuch. Raven schloss die Augen und ließ den Schmerz kommen. Doch kurz bevor er sein Herz erreichte, riss er die Augen auf und konzentrierte sich wieder auf die Jagd.

Kein Tier ließ sich blicken. Raven schaute nach oben zu Spy, doch der gab ihm auch kein Signal – also beschloss er, es woanders zu versuchen.

Stunde um Stunde verging, ohne dass Raven Glück hatte. Er wurde immer hungriger, aber das interessierte ihn nicht. Es gab kein Zurück ohne Beute, denn die anderen Deserts hatten mindestens ebenso viel Hunger wie er. Auch wenn seine Freunde nicht erwarteten, dass er mit etwas Essbarem zurückkam, so erhofften sie es wenigstens.

Und nichts war schlimmer in den Darklands, als eine Hoffnung zu enttäuschen.

Raven streifte weiter mit Spy durch seine öde Heimat und kam schließlich an die Grenze im Westen, wo die Wölfe hausten. Die unsichtbare Grenze wurde markiert durch eine Ringstraße, die ein Viertel mit ausgebrannten mehrstöckigen Häusern umschloss und voller Schlaglöcher war. Ein leerer Einkaufswagen stand neben einer umgekippten Mülltonne.

Gerade, als Raven sich abwenden wollte, erspähte er einen Hasen bei der Tonne.

Immerhin, das wäre ein Anfang …

Raven tauchte hinter einem Mauerrest ab, zog einen Pfeil aus dem Köcher, legte ihn ein, ging in die Hocke. All das war eine einzige fließende Bewegung und völlig geräuschlos.

Doch irgendetwas musste den Hasen aufgeschreckt haben – er flitzte los und sprintete Haken schlagend in das Revier der Wölfe. Raven zögerte eine Sekunde, dann setzte er sich in Bewegung und flitzte dem Hasen hinterher. Er musste es einfach wagen.

Vorsichtig drang er in das feindliche Gebiet vor, immer damit rechnend, angegriffen zu werden. Sein Atem ging stoßweise.

Die Beute hoppelte jetzt unter eine Betonplatte und duckte sich. Leise kam Raven näher.

Plötzlich nahm er aus den Augenwinkeln eine Bewegung wahr. Eine Gestalt in einem langen, grauen Mantel huschte in eine Gasse und verschwand.

Ein Mensch? Hier? Das konnte doch nicht sein.

Er schaute wieder zum Hasen.

Weg! Verflucht! – Nein, dort war er!

Raven beobachtete, wie sich das Tier in einem der ausgebrannten Gebäude verkroch, das zehn Stockwerke hatte.

Er peilte die Lage. Kein Wolf weit und breit. Sehr gut. Also los!

Mit der Krähe auf der Schulter schlüpfte er in das düstere Haus und tastete sich bis in einen großen Raum vor, der einmal ein Wohnzimmer gewesen sein mochte.

Und dort saß der Hase in der Falle. Denn in der einzigen Tür stand Raven.

Er machte zwei Schritte in den Raum hinein und spannte den Bogen.

In dieser Sekunde krächzte Spy warnend.

Raven schoss herum.

Die Wölfe!

DIE JAGD

Ravens Blut gefror, für einen Moment war er wie gelähmt. Der Wolf, der das Rudel anführte, war riesig. Er hatte nur noch ein Auge. Es war gelb und ruhte auf seiner Beute.

Auf Raven.

Leicht geduckt und sprungbereit kam der aschgraue Leitwolf näher, der von der Schnauze bis zum Ende der Rute über zwei Meter maß und gut und gern achtzig Kilo wiegen mochte. Die anderen drängten knurrend nach.

Ravens Erstarrung löste sich, er wich zurück, bis er mit dem Rücken an der Mauer stand.

Spy setzte sich auf seine Schulter und krallte sich an ihr fest.

Ravens rechte Hand hatte den Bogen so fest gepackt, dass die Fingerknöchel weiß hervortraten. Er wusste, dass ihm der Bogen nicht viel nützen würde gegen ein ganzes Rudel hungriger Wölfe. Allenfalls einen von ihnen würde er töten können, bis sich die anderen in ihn verbissen – erst mit den Fangzähnen, um ihn zu packen, dann mit den Schneidezähnen, um ihm das Fleisch vom Körper zu reißen und schließlich mit den Backenzähnen, um seine Knochen mühelos zu zermalmen.

Er vollführte mit der Waffe eine sichelförmige Bewegung, wobei er auf die Köpfe der vorderen drei Tiere zielte. Tatsächlich machten die Wölfe einen Satz zurück. Sie jaulten, tänzelten unruhig auf der Stelle, wichen vor und zurück – so, als müssten sie noch aushandeln, wer den Anfang machen und als Erster seine Zähne in Raven schlagen durfte.

Diese Unschlüssigkeit verschaffte Raven ein paar Sekunden. Verzweifelt schaute er sich um: Wohin?

Verdammt, er saß in der Falle wie der Hase! Der hatte sich zitternd in eine Ecke verkrochen und war keine fünfzig Zentimeter von seinem einstigen Jäger entfernt.

In diesem Moment verließ Spy seine Schulter und flog nach oben.

Ravens Blick folgte ihm hoch zur Decke, die zum Teil eingestürzt war. Ein Stück Moniereisen ragte aus einem Loch heraus, ein rostiges Stück Metall, das ungefähr drei Zentimeter dick und am Ende wie ein Haken gebogen war.

Das war eine Möglichkeit!

Raven warf den Bogen durch das Loch. Dann sprang er blitzschnell nach oben, packte das dünne Eisen und zog sich daran hinauf.

Die Wölfe schnappten nach ihm, verfehlten ihn aber. Raven schwang sich durch das Loch in das erste Stockwerk. Er befand sich in einem kahlen Apartment mit den Resten einer Küchenzeile und einem winzigen Badezimmer. Die offen stehende Wohnungstür erlaubte einen Blick ins Treppenhaus.

Raven schaute hinunter. Die Wölfe heulten und japsten vor Wut. Doch dann zwängte sich der Leitwolf mit dem einen gelben Auge wieder durch die Tür. Raven ahnte, dass das kluge Tier einen Weg nach oben suchte ...

Schon hörte er sie kommen. Das Jaulen, Knurren und Hecheln hallte im Treppenhaus wider.

Raven sprang zur Tür und wollte sie verrammeln. Doch das Schloss war aufgebrochen.

Also musste er hier raus! Er rannte aus dem Apartment und floh die Treppen hinauf.

Hinter ihm waren seine Jäger. Sie trieben ihn höher und höher. Raven keuchte und fluchte.

Im achten Stock blieb er stehen, riss einen Pfeil aus dem Köcher und schoss über das Geländer gebeugt in die Masse der grauen Leiber.

Ein Jaulen, und einer der dicht gedrängten Körper stürzte. Doch die anderen ließen sich nicht beeindrucken oder gar stoppen. Sie sprangen über ihren tödlich getroffenen Artgenossen hinweg. Der Tod des einen Wolfes schien die Wut und Gier der anderen noch zu steigern.

Vornweg stürmte der Leitwolf, und Raven sah dieses eine Auge – ein giftiger gelber Stern, der ihn voller Hass anfunkelte.

Schließlich erreichte Raven das oberste Stockwerk. Hier befand sich eine Penthousewohnung mit einer riesigen Terrasse.

Hektisch blickte er sich um, während Spy über ihm kreiste.

Er lief zur Kante des Daches, wo noch die Pfostenlöcher für das Geländer zu sehen waren, das Metalldiebe längst abmontiert hatten. Tief unter ihm war eine schmale Gasse.

Und jetzt?

Er warf einen Blick über die Schulter.

Ein Knäuel von Leibern quoll aus der Wohnung, eine geifernde aggressive Masse.

Ein Blick nach vorn. Die Gasse, dahinter ein Wohnblock, der genauso hoch war wie der, auf dem Raven vermutlich die letzten Sekunden seines Lebens verbringen würde.

Mit Blick über die Stadt. Cool.

Spy machte ein Mordstheater über ihm. Noch nie hatte sich Raven so sehnlichst Flügel gewünscht. Aber vielleicht konnte er ja auch fliegen – zumindest ein kleines Stück …

Raven nahm etwas Anlauf und rannte auf die Kante zu. Seine Füße trommelten über das Dach. Der Abgrund flog förmlich auf ihn zu. Noch drei Meter, zwei, einer – die Krähe schrie.

Raven sprang. Mit rudernden Armen schoss er durch die Luft. Das andere Dach! Es war so weit weg. Unendlich weit. Unerreichbar. Er hatte sich verschätzt. Überschätzt.

Oder doch nicht?

Nein! Raven schaffte es, er überwand den schwarzen Schlund der Gasse. Kurz bevor er aufkam, warf er den Bogen weg. Der Aufprall war hart und raubte Raven den Atem. Geschickt rollte er sich ab. Für einen Moment lag er auf dem Dach, alle viere von sich gestreckt.

Raven kicherte in sich hinein und fragte sich, ob er jetzt völlig durchgedreht war. Das Adrenalin schoss durch seinen Körper.

Spy landete auf ihm und tippte ihn mit dem Schnabel an.

Da rappelte sich Raven auf und schaute zu dem anderen Gebäude zurück.

Die Jäger standen an der Dachkante und jaulten. Im Zentrum des Rudels stand der Wolf mit dem gelben Auge. Er hob den Kopf und heulte.

Raven nahm den Bogen und überlegte einen Moment, ob er das mächtige Tier töten sollte. Wenn er dem Rudel den Anführer nahm, so würde er es entscheidend schwächen.

Doch Raven ließ es sein. Er war in ihrem Reich und hatte kein Recht, den König zu töten. Außerdem ging von dem Leitwolf etwas aus, was Raven imponierte: Kraft und Intelligenz.

Also beeilte er sich lieber, von diesem Dach und aus dem fremden Viertel lebend herauszukommen.

Als er loslief, sah er, dass der Hase aus dem Gebäude mit den Wölfen schlüpfte und entkam.

Über die Dächer gelangte Raven schließlich in sein eigenes Revier. An der Grenze hatte er dann schier unglaubliches Glück: Er konnte ein Reh erlegen!

Mit der über zwanzig Kilo schweren Beute über den Schultern schleppte er sich zu ihrem Hauptquartier.

Dort schoben seine Freunde Wache oder halfen Hank in der Werkstatt. Rollercoaster stürmte bellend auf Raven zu und überschlug sich mal wieder vor Freude. Diesmal nahm Raven sich die Zeit, den verrückten Pitbull zu begrüßen, nachdem er Big T seine Beute gereicht hatte.

„Mann, ich dachte schon, du bist verschollen!“, lachte Big T. „Aber es hat sich anscheinend gelohnt! Ich kümmere mich gleich in der Küche darum.“

„Ja, mach uns was Feines!“, rief Zerron begeistert.

„Jetzt mal nicht hetzen!“, bremste Big T dessen Euphorie und schlurfte mit der Beute in sein Reich.

Die anderen Deserts umringten Raven und er musste von seiner Jagd erzählen.

„Ein Wolf mit nur einem gelben Auge?“, fragte Dippy. „Ist ja irre. Von dem hab ich noch nie etwas gehört.“

Raven nickte. Auch wenn sich normalerweise niemand in das Revier der Wölfe wagte, so gab es doch immer wieder Gerüchte oder Geschichten über diese Tiere, die man vor allem im Viertel der Händler aufschnappte. Irgendjemand hatte etwas beobachtet und erzählte es im Hafen weiter. Das konnten die Händler sein und Seeleute, die mit ihren Schiffen Blackpool ansteuerten oder aber auch Mitglieder einer anderen Gang. Denn im Viertel der Händler ging man nicht aufeinander los, sondern wechselte auch schon mal ein paar Worte miteinander. Es war wie eine neutrale Zone. Sogar die Sledgehammer hatten sich immer an dieses ungeschriebene Gesetz gehalten.

Belana berührte Raven ganz leicht und zog ihn ein Stück beiseite.

„Das Reh wird uns ein paar Tage ernähren. Dafür lieben dich unsere Leute“, sagte sie.

Er schwieg.

„Aber du wärst fast bei der Jagd draufgegangen.“

„Nur fast.“

Ihre Augen funkelten wütend.

„Als Anführer kannst du nicht so ein hohes Risiko eingehen. Irgendwann wirst du nicht von der Jagd zurückkehren.“

„Und ich hatte gehofft, du hast einfach nur Angst um mich?“, fragte er lächelnd und hoffte, ihre Antwort werde Ja lauten.

Doch Belanas Reaktion fiel ganz anders aus. „Was soll das?“, fragte sie, während ihre Wangen eine leichte Röte annahmen. Raven war sich allerdings nicht sicher, ob das Unsicherheit oder Zorn war. „Wir brauchen jeden. Und besonders brauchen wir dich. Ein toter Anführer nützt uns nichts.“

Er überlegte einen kurzen Moment, bevor er sagte: „Und was hättest du an meiner Stelle getan? Wärst du mit leeren Händen zurückgekehrt und hättest alle enttäuscht? Nein, das wärst du nicht, Belana."

In ihren Augen lag nun ein unruhiges Flackern. Sie kickte ein Steinchen weg. „Wahrscheinlich nicht. Aber trotzdem, du hast eine große Verantwortung, Raven. Die Deserts zählen auf dich." Dann wechselte sie das Thema: „Was macht die Wunde? Noch Schmerzen?"

Er lächelte erneut und machte einen Schritt auf sie zu, um einen Arm um ihre Schultern zu legen.

Doch Belana wich ihm aus. „Ich hole etwas von der Paste und wechsle den Verband."

Während sie auf die Schule zuging, schaute er ihr nach.

Belana war ihm manchmal ein Rätsel. Es gab Momente, in denen Raven das Gefühl hatte, dass da etwas war, das mehr war als nur Freundschaft. Hatte sie Angst um ihn?, fragte Raven sich erneut. Hatte sie sich vielleicht sogar ein wenig in ihn verliebt?

Nein, sagte er sich. Das brauchte er sich nicht einzubilden. Belana mochte ihn bestimmt, aber auch nicht mehr. Sie fürchtete vermutlich, einen guten Freund zu verlieren.

Für so etwas war in den Darklands ohnehin kein Platz, dachte Raven mit einem Anflug von Trotz. Denn man wusste nie, ob es in dieser kaputten Welt ein Morgen gab. Eine Zukunft. Wer sein Herz verschloss, der würde weniger trauern, wenn sie wieder einen von ihnen zu Grabe tragen mussten hinter der verdorrten Hecke am Spielplatz.

Raven verbannte die trüben Gedanken und konzentrierte sich auf seine Aufgaben. Unter anderem teilte er die Wachen für die

Nacht ein. Raven war sich sicher, dass Snake, Hector und die anderen Typen etwas planten – die Frage war nur, wann sie zuschlugen.

Zwischen Mitternacht und zwei Uhr war Raven selbst an der Reihe. Mit Zerron lief er die Grenze ab. Alles blieb ruhig.

Pünktlich wurden sie abgelöst, und Raven legte sich schlafen.

Doch nach einer Viertelstunde krachte es. Raven schreckte hoch und sah durch das kaputte Fenster eine Silvesterrakete aufsteigen.

Alarm!

Er sprang auf und spähte durch ein Nachtsichtgerät zur Grenze.

Dort erblickte er Dippy. Der Kleine verschoss mit seiner Schleuder Stahlkugeln auf eine Gruppe von etwa fünfzig Motorradfahrern und einem Monstrum von einem Baustellenfahrzeug.

Die Sledgehammer!

Verflucht, woher hatten die Kerle diesen gewaltigen Bulldozer?, schoss es Raven durch den Kopf. Mit ihren Motorrädern würden die Kerle niemals über die Grenze kommen, aber mit diesem Ding?

Wie befürchtet schoben die Sledgehammer die Grenzbefestigungen mithilfe der Maschine mühelos beiseite. Dann donnerten sie johlend und das schwarze Banner schwenkend auf das Hauptquartier der Deserts zu.

Dippy holte einen der Feinde mit einer Stahlkugel vom Motorrad. Doch dann schleuderte Hector seinen Wurfhammer auf Dippy.

Raven sah, wie sein Freund zu Boden ging – war er getroffen worden oder nur in Deckung gegangen?

Raven packte den Bogen und hetzte nach unten.

„Da bist du ja", begrüßte Belana ihn und zog zwei ihrer Wurfmesser aus dem Gürtel. „Wir haben eine Menge zu tun. Wie sollen wir vorgehen?"

Auch die anderen Deserts waren da und schauten Raven erwartungsvoll an. Sogar Hank war in seinem Rollstuhl gekommen. Auf seinen verkümmerten Beinen lag ein Flammenwerfer.

Ravens Gedanken rasten. Es machte vermutlich wenig Sinn, den Kerlen entgegenzufahren – zum einen waren die Sledgehammer in der Überzahl, zum anderen hatten einige der Deserts wie Belana auf ihren Fahrzeugen kaum Deckung …

„Okay, dann wollen wir mal", rief Raven. „Wir verteilen uns rechts und links der Straße und nehmen die Typen aus der Deckung heraus unter Feuer! Sie dürfen auf keinen Fall zum Hauptquartier und zum Silver Lake."

Zerron ließ seinen Bō kreisen. „So weit wird es nicht kommen!"

„Genau!", riefen die anderen.

Nur Big T fand Ravens Plan offenbar nicht ganz so gut.

„Was, wir sollen unsere Karren stehen lassen?", fragte er verständnislos. „Kein Frontalangriff?"

„Nein, zu riskant. Zeig den Typen, wie man mit einem Bumerang umgeht. Das macht dir doch Spaß, Big T."

Big T schaute immer noch skeptisch, aber er nickte. „Okay."

„Ich kümmere mich um Dippy", sagte Raven noch. „Belana?"

„Bin dabei", sagte sie.

Sie rannten los, sprangen über eine Mauer und erklommen einen Schuttberg.

Von hier oben schoss Raven den ersten Pfeil auf den Bulldozer, der noch etwa zwanzig Meter von ihnen entfernt war – er prallte an der Frontscheibe ab und Raven ahnte, dass diese gepanzert war.

„Lass mich mal“, meinte Belana. Sie wartete, bis der Bulldozer auf ihrer Höhe war und schleuderte eines ihrer Wurfmesser. Es durchschlug die offenbar nicht gepanzerte Seitenscheibe und bohrte sich in den Oberarm des Fahrers.

Raven hörte ihn schreien und beobachtete, wie er das Steuer verriss. Die Baumaschine krachte gegen einen Laternenmast, der umknickte, dann gegen ein Haus und kippte dann wie in Zeitlupe um. Der Fahrer konnte sich retten und floh.

„Treffer, versenkt“, kommentierte Belana ruhig.

„Nicht schlecht“, lobte Raven. „Aber jetzt weiter. Wir müssen Dippy raushauen.“

Geduckt sprinteten sie weiter und erreichten schließlich die Stelle, wo ihr Freund gerade noch gewesen war.

Doch statt Dippy waren dort zwei der Feinde, die mit ihren furchtbaren Streithämmern auf eine Betonplatte einschlugen, die ein Loch halb verdeckte.

„Komm da raus, Wurm!“, brüllten sie.

„Mist, Dippy ist da drin, vielleicht in einem Hohlraum“, zischte Raven und schoss.

Sein Pfeil erwischte den einen Krieger im Bein. Der Kerl ließ die Waffe fallen und zog sich humpelnd zurück.

Belanas Wurfmesser durchschlug die Hand des anderen Typen.

Mit schmerzverzerrtem und hasserfülltem Gesicht hob er dennoch seinen Hammer mit der freien Hand und ging auf Belana los.

Raven war schneller. Er machte einen Satz auf den Typen zu und rammte ihm den Bogen unters Kinn – ein präziser Hieb, der den Kerl fällte wie eine Axt den Baum.

Belana beugte sich über das Loch. „Dippy?"

Jetzt kam ihr Freund hervor und quetschte sich aus dem kleinen Loch.

„Danke, ihr habt mir den Hintern gerettet", meinte er.

„Nicht quatschen, kämpfen", rief Raven und rannte mit den beiden zurück in Richtung des Hauptquartiers.

Davor tobte eine Straßenschlacht.

Big T fegte gerade mit einem seiner massiven Bumerangs Hector von der Sitzbank seines Motorrades. Schwer krachte der Krieger auf den Asphalt.

Gleichzeit schoss Rollercoaster los, um die Waffe zu Big T zurückzubringen, der bereits den zweiten Bumerang abgefeuert hatte.

Als Rollercoaster sich den Bumerang schnappen wollte, der neben Hector lag, stand der gewaltige Krieger schwankend auf und trat nach dem Pitbull.

Ein Fehler. Denn nun unterbrach der Hund das Stöckchen-Spiel für einen Moment und verbiss sich in der Wade des feindlichen Kriegers.

Hector brüllte wie am Spieß und prügelte auf Rollercoaster ein. Doch das beeindruckte den Pitbull nicht besonders. Er packte ein wenig fester zu und Hector schrie noch lauter.

„Das ist Musik in meinen Ohren!", lachte Big T. „Aber jetzt bring mir den Bumerang, Rollercoaster!"

Der Hund gehorchte.

Raven und Belana reihten sich in die Verteidigungslinie ein. Die Sledgehammer waren von ihren Maschinen gesprungen und stürzten sich in den Nahkampf.

Zerron ließ den Bō kreisen und streckte zwei von ihnen nieder. Hank setzte mit seinem Flammenwerfer ein Motorrad in Brand, das wenige Sekunden später in einem Feuerball explodierte.

Raven, Belana und Dippy feuerten in rascher Folge ihre Stahlkugeln, Wurfmesser und Pfeile in die feindlichen Reihen, die sich daraufhin lichteten.

Doch die Angreifer waren nicht zu stoppen. Snake peitschte sie nach vorn.

Er selbst ging voran und hieb mit dem riesigen Hammer auf die Verteidiger ein. Snake brüllte wie ein Tier. Direkt hinter ihm war der hinkende Hector, aus dessen Bein Blut floss.

Raven wollte Snake stoppen, doch er hatte kein freies Schussfeld mehr und hätte womöglich einen der eigenen Leute getroffen.

Er schaute zu Belana. Sie schüttelte den Kopf und spätestens jetzt wusste er, dass sie auf verlorenem Posten standen. Die Sledgehammer waren ihnen haushoch überlegen, würden das Hauptquartier erobern und sie vermutlich einen nach dem anderen töten.

„Rückzug!“, schrie Raven über das Schlachtfeld.

Seine Leute gehorchten sofort und stürmten zu ihren Fahrzeugen, die sie an verschiedenen Stellen versteckt hatten. Um die Sledgehammer zu verwirren, nahm jeder einen anderen Weg zum geheimen Zufluchtsort mit der Tiefgarage.

Raven warf sich in seinen X-Bow, in dem Spy bereits auf dem Armaturenbrett hockte. Belana sprang auf ihr Bike. Dann jagten sie los.

Im Rückspiegel sah Raven, wie die Feinde zu ihren Maschinen rannten. Es war klar, dass sie die Verfolgung aufnehmen würden.

Entscheidend war jetzt, dass die Deserts schnell genug waren und von den Feinden unbemerkt den Bunker und die Garage erreichen konnten.

Raven trieb den X-Bow durch ein paar scharfe Kurven und jagte ihn schließlich eine Rampe hinunter in die Garage.

Er hatte das Ziel als Erster erreicht und wartete jetzt mit hämmerndem Puls auf seine Freunde.

Eine Minute später donnerten die Sledgehammer an der unscheinbaren Zufahrt vorbei. Weitere bange Minuten verstrichen. Dann – endlich – tauchten die anderen Deserts auf, Dippy zum Schluss. Er landete vor dem Eingang und warf eine graue Plane über den kleinen Hubschrauber.

„Geschafft!", sagte Zerron.

Belana lachte höhnisch auf. „Was haben wir denn bitte schön geschafft? Wir haben gerade eine Schlacht verloren, Zerron. Außerdem haben wir keinen Zugang mehr zum See."

„Ja", gab Raven ihr recht. „Uns bleiben nur noch die Garage und der Bunker mit der letzten Trinkwasserreserve und dem Notproviant."

Er ging zu einer Stahltür und öffnete sie. „Wir beraten drinnen, wie es weitergeht."

Der Bunker war ein wahres Labyrinth aus Gängen und klammen Kammern mit steinharten Pritschen. Er verfügte über eine Lüftungsanlage, die frische Luft ins Innere schaufelte, einen Stromgenerator, der die nackten Glühbirnen speiste sowie einen Raum, in dem der Wassertank stand und der Proviant gelagert wurde. Dabei handelte es sich um Trockenfrüchte, Knäckebrot und Konserven, die sie im Viertel der Händler eingetauscht hatten für den Fall der Fälle. Zudem gab es ein Lager mit Benzinfässern.

Die Decken waren so niedrig, dass große Typen wie Big T fast den Kopf einziehen mussten. Überall hingen Spinnweben. Ein besonders fettes Exemplar mit langen Beinen zerlegte gerade eine Fliege, die sich hier unten verirrt hatte. Käfer mit schimmernden Panzern und schuppige Tierchen wuselten in Ritzen und Spalten.

Die Deserts kamen im größten Raum zusammen. An den kahlen, grauen und teils mit Schimmel überzogenen Wänden standen Holzbänke, auf denen sie sich niederließen.

Raven verschloss die Stahltür. Dann stellte er sich mitten in den Raum, direkt unter die nackte Glühbirne. Spy saß auf seiner Schulter.

Er schaute die Deserts der Reihe nach an. Alle wirkten erschöpft und verzweifelt. Außerdem waren manche verletzt. Dippy blutete aus einer Wunde an der Schläfe. Hank hatte einen Cut über dem rechten Auge, der auch versorgt werden musste.

Verdammt!, dachte Raven. Aber er musste ihnen jetzt Mut machen, sie wieder aufbauen.

„Wir haben es hierher geschafft", sagte er. „Und jetzt dürfen wir nicht in Panik verfallen, sondern müssen überlegen, wie wir aus der Nummer herauskommen. Hier sind wir sicher und auch fürs Erste gut versorgt!"

Belana kramte mit starrer Miene in ihrem kleinen Rucksack.

„Die Sledgehammer suchen uns garantiert, sie jagen uns“, sagte sie dabei düster. „Und wir werden uns hier vermutlich nicht ewig verstecken können.“

„Nein, sicher nicht“, stimmte Raven ihr zu. „Früher oder später müssen wir raus. Nämlich dann, wenn der Wassertank leer ist. Unsere eiserne Reserve. Außerdem haben wir hier unten nur Vorräte für etwa einen Monat. Ich könnte höchstens versuchen, nachts ein Tier zu erlegen.“

Diesmal war es Belana, die den Kopf schüttelte. „Snake und seine Leute werden dich erwischen, und dann wirst du es sein, der erlegt wird, Raven.“

Sie kam mit ihrem Verbandszeug zu Hank. Ein Blutfaden zog sich quer über dessen hohlwangiges Gesicht, das bleich wie ein Leichentuch war.

Sie tupfte an dem Cut herum. „Seien wir realistisch“, sagte sie. „Bald ist der Wassertank leer und wir müssen raus aus diesem Loch. Und auch wenn wir den Sledgehammern entkommen sollten, wo sollen wir dann hin? Egal, wohin wir uns wenden – man wird uns überall vertreiben oder töten. Zudem haben wir keinen Zugang mehr zum Silver Lake, wir können nichts mehr tauschen.“

Big T nahm Rollercoaster auf den Schoß. „Wir stellen uns zur Schlacht und schmeißen das Pack aus unserem Revier“, schlug er vor.

„Nein“, sagte Raven. „Das wäre glatter Selbstmord. Snake, Hector und die anderen sind viel zu stark. Wir haben keine Chance.“

„Das kommt auf einen Versuch an", widersprach Big T. „Ich kämpfe lieber, als mich hier unten zu verkriechen wie ein Wurm, der langsam verdurstet."

Raven spürte die Blicke der anderen auf sich ruhen. Es war ihm klar, dass sie von ihm, ihrem Anführer, eine Lösung erwarteten. Doch die hatte er in diesem Moment nicht.

Also teilte er erst einmal die Räume zu, damit jeder einen einigermaßen vernünftigen Schlafplatz hatte. Außerdem ließ er Essen ausgeben und die Deserts stärkten sich.

Einige Zeit verging, und Raven spürte, dass sich die Lage ein wenig entspannte.

Doch da schlug jemand gegen die Stahltür, und Raven spürte, wie eine Gänsehaut seine Unterarme überzog.

Waren das schon die Sledgehammer, versuchten sie, die Tür aufzubrechen? Raven zog einen Pfeil aus dem Köcher. Vermutlich war er gleich tot. Aber er würde nicht der Einzige sein, auch einige dieser verdammten Kerle würden sich auf dem Betonboden wiederfinden. Er schaute zu Belana, die das Verbandszeug gegen ihre Wurfmesser tauschte. Sie erwiderte seinen Blick.

In ihren Augen lag eine Mischung aus Angst, Entschlossenheit und kalter Wut.

DER FREMDE

Rollercoaster knurrte, während auch die anderen Deserts ihre Waffen zückten.

Raven spannte den Bogen und zielte in Kopfhöhe auf die Tür.

„Brich nur die Tür auf, Snake. Dann bist du der Erste, der einen Pfeil abbekommt“, rief Raven.

„Mein Name ist Mysticon“, erklang eine Stimme. „Ich bin ein Freund von Ravens Vater. Und wenn Raven wissen will, was es mit dem Röhrchen um seinen Hals auf sich hat, dann solltet ihr mich hereinlassen …“

Verblüfft schaute Raven zu Hank und Belana. „Mysticon, ein Freund meines Vaters? Habt ihr diesen Namen schon mal gehört?“

Beide schüttelten die Köpfe.

„Vorsicht, das könnte eine Falle sein“, flüsterte Belana.

„Aber woher weiß der Typ von meiner Kette?“, überlegte Raven. „Es gibt wohl nur eine Möglichkeit, das herauszufinden!“ Er gab Big T ein Zeichen, die Tür zu öffnen, während er weiter die Waffe im Anschlag behielt.

Eine große, hagere Gestalt stand in der Türöffnung.

Der Fremde mit dem schmalen Gesicht, der Adlernase und den buschigen Augenbrauen trug einen langen, grauen Mantel, und Raven überlegte einen Moment, ob es sich um den Mann handelte, den er im Revier der Wölfe gesehen hatte. Er war ungefähr fünfzig und von seiner Aufmachung her war klar, dass er nicht zu den Sledgehammern gehörte.

„Durchsuch ihn nach Waffen“, befahl Raven Big T.

Sein Freund trat auf den Fremden zu, zuckte aber sofort wieder zurück, weil hinter dem Kerl jetzt ein riesiger Wolf auftauchte, der nur noch ein gelbes Auge hatte. Raven hielt die Luft an. Das war der Wolf, der ihn mit seinem Rudel bei der Hasenjagd bedroht hatte. Das Tier funkelte ihn kurz an, blieb aber ganz ruhig – auch, als Rollercoaster zu knurren begann.

„Psst“, machte Big T. „Du lockst noch die Sledgehammer hierher.“

Der Pitbull gehorchte und verstummte, ließ den Wolf aber nicht aus den Augen.

„Der Wolf wird euch nichts tun. Jedenfalls solange ich ihm kein anderes Kommando gebe …“, sagte der Mann, der sich Mysticon nannte, und betrat mit dem Tier das Versteck.

Jetzt schloss Big T die Tür und traute sich näher an den Fremden heran. Er klopfte ihn ab und förderte einen Revolver zutage, den er Hank zuwarf.

„Sonst ist er sauber“, sagte Big T.

„Gut“, meinte Raven. „Und jetzt sind wir mal auf deine Geschichte gespannt, Mister Mysticon.“

Der Fremde lehnte sich an die Wand und musterte Raven kühl. „Ich bin erst seit ein paar Tagen in Blackpool – und zwar im Revier der Wölfe.“

„Wie bitte?“, fragte Zerron und lachte. „Das überlebt doch niemand länger als ein paar Stunden.“

„Ich schon“, entgegnete Mysticon ruhig und tätschelte den riesigen einäugigen Wolf. „Seinetwegen. Das ist Yellow. Yellow hat sofort Freundschaft mit den Wölfen in Blackpool geschlossen. Nicht nur das: Die hiesigen Wölfe haben ihn sehr schnell als neuen Leitwolf auserkoren. Mich akzeptieren sie als seinen Begleiter und haben mich freundlicherweise am Leben gelassen. Apropos am Leben lassen: Wärt ihr so nett, die Waffen endlich runterzunehmen?“

Raven und Belana tauschten Blicke.

„Warum sollten wir?“, fragte er. Der Kerl gefiel Raven irgendwie nicht. Mysticon machte zwar einen ziemlich coolen, aber auch undurchsichtigen und leicht verschlagenen Eindruck.

„Okay, wenn dir das ein gutes Gefühl gibt, musst du mich töten, Raven“, sagte Mysticon im Plauderton – so, als spräche er über das Wetter.

„Woher kennst du meinen Namen? Und meinen Vater?“, wollte Raven wissen.

„Ich kenne nicht nur deinen Namen. Ich kenne deine Geschichte. Willst du sie hören?“

Raven war perplex. Seine Geschichte? Was meinte der Kerl?

„Falls ja, solltest du aber wirklich davon absehen, mir einen Pfeil zu verpassen“, ergänzte Mysticon.

Raven ließ den Bogen langsam sinken. Die anderen Deserts folgten seinem Beispiel.

„Fein“, kommentierte Mysticon und setzte sich auf einen freien Platz auf der Bank, als wäre er zu Hause.

Alle Blicke waren auf ihn gerichtet. Yellow rollte sich vor seinen Füßen zusammen.

„Ich reise schon seit über einem Jahr durch die Darklands, diese verdammte ewige Wüste“, berichtete Mysticon. „Mein Ziel ist Paxtonia ...“

„Paxtonia? Davon habe ich noch nie gehört“, sagte Raven.

Mysticon lächelte. „Ich weiß. Denn wenn dir dieser Name etwas sagen würde, wärst du mit deinen Freunden schon lange nicht mehr hier. Paxtonia ist ein … ein sagenhafter Ort, wo es Wasser im Überfluss geben soll“, sagte er mit Bedacht.

Bei dem Wort Wasser spürte Raven den nahenden Durst. Paxtonia? Konnte es so was geben? Andererseits: Wenn es wirklich einen Ort mit Wasser im Überfluss gab, könnte dieser Ort für die Desert Plants die Rettung sein – vor allem in ihrer derzeitigen ausweglosen Situation.

Aber vielleicht war das alles nur ein Märchen, oder Mysticon wollte sich wichtigmachen.

„Klingt zu schön, um wahr zu sein“, meinte Raven. „Und ich frage mich, warum du nicht in diesem Paradies bist, sondern in einem dreckigen Bunker. Wie hast du uns hier gefunden?“

„Ich habe die Schlacht mit diesen Typen in den Lederjacken und eure Flucht beobachtet. Und ich habe den besten Fährtenleser weit und breit. Yellow hat euch sehr schnell aufgespürt“, antwortete Mysticon und deutete auf den Wolf. „Und nun zu deiner ersten Frage. Ganz einfach: Ich kenne den Weg nach Paxtonia nicht.“

Raven lachte. „Also doch nur eine Märchenstunde?“

Mysticon stand auf, stieg über den Wolf und stellte sich direkt vor Raven. „Ich weiß vielleicht nicht den Weg“, sagte er leise und eindringlich. „Aber ich weiß, wie man dennoch dorthin kommen kann …“

„Da bin ich aber mal gespannt.“

Mit dem rechten Zeigefinger deutete Mysticon auf das Röhrchen, das um Ravens Hals hing. „Da drin ist der Schlüssel.“

„Was?“

„In diesem Ding ist der eine Teil einer Karte verborgen, auf der die Lage von Paxtonia eingezeichnet ist“, behauptete Mysticon. „Aber nur mit dem zweiten Teil der Karte wird diese komplett und weist den Weg dorthin.“

Ein Raunen ging durch die Gruppe. Die Deserts begannen zu tuscheln.

Raven war völlig überrascht. Stimmte das, war in seinem Talisman tatsächlich ein Geheimnis verborgen? Hätte er das Röhrchen doch nur schon längst zu öffnen vermocht! Dann hätte er dieses Geheimnis bereits gelüftet.

Belana riss ihn aus seinen Gedanken, als sie zu Mysticon sagte: „Den zweiten Teil der Karte besitzt du, nehme ich an.“

Er schüttelte den Kopf. „Irrtum. Den hat Enya.“

„Wer ist das?“, wollte Raven wissen.

Mysticon hob die Augenbrauen. „Enya? Sie ist deine Zwillingsschwester.“

Raven war es, als zöge man ihm den Boden unter den Füßen weg. Er hatte eine Schwester?

„Deine Mutter Mona starb leider bei eurer Geburt, und dein Vater zog euch allein groß.“ Mysticon schaute Raven abschätzend an, als wollte er versuchen, seine Gedanken zu lesen.

„Mein Vater“, echote Raven. „Wie heißt er? Warum sollte ich dir das alles glauben? Vielleicht hast du dir das alles nur ausgedacht.“

Mysticon sah ihn mitleidig an. „Oh, mein Gott, du weißt wirklich nichts mehr. Deine Erinnerungen müssen ausgelöscht worden sein. Dein Vater heißt Jordan Turner, er war ein bekannter

Höhlenforscher, ein Speläologe. Ihr wohntet damals in Ipstown, einer Stadt, die einige hundert Kilometer entfernt von Blackpool liegt. Warte …“

Er kramte in seinem Mantel und zog ein Foto hervor, das er Raven entgegenstreckte. „Das ist er. Dein Vater. Wer die Kinder sind, kannst du dir wohl denken.“

Zögernd trat Raven näher und nahm das Bild. In seinen Schläfen hämmerte das Blut und es kam ihm vor, als ob er gerade in einem schlechten Film mitspielte. Das konnte alles nicht wahr sein. Oder doch? Das Foto zeigte einen Mann Mitte dreißig mit einem ernsten Gesicht und einem Dreitagebart. In jedem Arm hatte er ein Kind, einen Jungen und ein Mädchen.

Es gab Raven einen Stich. Der Junge war er, kein Zweifel!

Die Hand, die das Foto hielt, begann zu zittern. Sein Vater, seine Schwester! Am liebsten hätte er sich in irgendeine dunkle Ecke verkrochen, wo ihn niemand sehen konnte, und einfach nur geheult.

Doch er stand hier unter dieser dreckigen Glühbirne wie ein Schauspieler im Rampenlicht – und natürlich waren gerade alle Blicke auf ihn gerichtet.

Er versuchte, sich zusammenzureißen und seine Gefühle nicht zu zeigen.

„Behalte es“, sagte Mysticon und Raven schob es in die Brusttasche.

„Danke!“ Raven räusperte sich. Er würde dieses Foto noch tausendmal anschauen.

„Jordan war ein sehr guter Freund von mir“, fuhr Mysticon leise fort. Einen kurzen Moment schaute er auf den Boden und schien in seiner Erinnerung abzutauchen. „Er und ich lernten uns an der Uni kennen. Ich war Geologe wie er. Nach der Uni blieben wir in Kontakt. Ich ging allerdings in die Wirtschaft, während dein Vater sich der Wissenschaft verschrieb. Seine Leidenschaft waren unterirdische Höhlensysteme. Er erzählte mir, dass er dieses wasserreiche Gebiet bei seiner letzten Expedition entdeckt hatte. Das war kurz vor der furchtbaren Naturkatastrophe. Jordan taufte das Gebiet auf den Namen Paxtonia, abgeleitet vom lateinischen Wort für Frieden. Es muss sich um ein gewaltiges unterirdisches Höhlensystem handeln, durch das ein Fluss mit mehreren Nebenarmen fließt. Doch die genaue Lage von Paxtonia behielt Jordan erst einmal für sich, weil er die Höhle genauer erkunden wollte, bevor er sich mit seiner sensationellen Entdeckung an die Öffentlichkeit wagte. Er plante eine zweite Expedition, doch dazu sollte es nicht mehr kommen."

Ravens Magen krampfte sich zusammen. „Ist er ... tot?"

Mysticon hob die Schultern und ließ sie langsam wieder sinken. „Ich weiß es nicht, Raven. Tut mir leid. Bei der Naturkatastrophe vor zehn Jahren – du und deine Schwester wart gerade einmal sechs Jahre alt – wurde auch das Haus eurer Familie von der gigantischen Flutwelle erfasst. Zufällig war ich damals im Haus. Dein Vater brachte euch ins oberste Stockwerk, bat mich, auf euch aufzupassen und kämpfte sich zu einem Nachbarn durch, der ein Boot hatte. Er wollte ihn um Hilfe bitten", erzählte er.

„Bevor Jordan loslief, steckte er dir und Enya je ein Metallröhrchen zu. Das war das Letzte, was ich von ihm sah. Ich begriff erst später, dass sich in den Röhrchen die Karte nach Paxtonia befinden musste. Nach dem ganzen Chaos habe ich nach ihm gesucht, aber ich fand ihn nirgends."

Raven fixierte seine Schuhspitzen. „Also ist er doch tot."

„Das muss nicht sein", erwiderte Mysticon. „Viele Familien wurden getrennt. Manche fanden wieder zusammen, manche nicht. Und wieder andere wurden ausgelöscht."

„Wie ging es weiter?", fragte Raven.

„Nur wenige Minuten später zerstörte die gigantische Flut das Haus. Ich habe natürlich noch versucht, Enya und dich zu retten", betonte Mysticon. „Doch die Flutwelle war zu stark, sie riss alles mit sich und brachte das Gebäude zum Einsturz. Dabei landeten wir alle im Wasser und ich wurde von euch getrennt."

Im Wasser … Raven sah sich in den Fluten um sein Leben kämpfen und plötzlich – endlich – konnte er den Albtraum deuten, der ihn seit Jahren heimsuchte. Die andere kleine Gestalt im Wasser war vermutlich seine Schwester gewesen. Enya.

„Irgendjemand muss dich gerettet haben, Raven. Dann bist du hierhergekommen, vielleicht mit einem dieser endlosen Flüchtlingstrecks, die damals durch die kaputte Welt zogen", sagte Mysticon jetzt.

Raven nickte. So musste es gewesen sein. Man hatte ihn im Viertel der Händler zurückgelassen oder vielleicht sogar verkauft, und dann hatte er diesen schmierigen Bosco kennengelernt – und mit ihm die Hölle.

Doch alles, was davor gewesen war, das war von der Katastrophe verschüttet worden, wurde Raven einmal mehr klar. Daher wusste er nicht, wer ihn gerettet hatte, und er wusste auch nichts über seine Eltern, Enya und die Bedeutung des Röhrchens. Bei dem Unglück waren alle seine Erinnerungen gelöscht worden.

„Lebt Enya noch?“ Ravens Herz klopfte ihm bis zum Hals.

„Ja, sie ist …“, fuhr Mysticon fort. Doch er brach mitten im Satz ab, als Rollercoaster knurrte. Auch Yellow hatte den Kopf gehoben. Er schaute wie der Pitbull zur Tür.

Mysticon legte einen Finger auf die Lippen. Alle lauschten.

Raven glitt zur Tür und öffnete sie einen Spalt. Er konzentrierte sich ganz auf sein Gehör.

O verdammt! Da hallten Schritte durch die Gänge. Er schluckte. Diesmal waren es bestimmt die Sledgehammer!

Was jetzt?

Raven machte eine Taschenlampe an, schlüpfte aus dem Raum und lief ein Stück den Gang entlang, bis er einen Abzweig erreicht hatte. Er spähte um die Ecke – und prallte zurück. Mehrere Typen standen dort und beratschlagten sich. Alle trugen Lederjacken und Wurfhämmer.

Keine Frage, Snake und seine Leute waren den Deserts auf der Spur.

Raven musste etwas einfallen.

Und zwar schnell.

VERSTECK-SPIELE

Raven hetzte zurück zum Bunker.

„Sie kommen!“, zischte er.

Unterdrücktes, teils ängstliches Gemurmel erklang.

„Bleibt ruhig. Ich werde versuchen, die Typen von hier wegzulocken“, sagte Raven.

„Ich komme mit“, sagte Belana in einem Ton, der keinen Widerspruch duldete.

„Ich auch“, kam es von Big T und Zerron.

„Nein, nur Belana“, entschied Raven. „Ihr anderen bleibt hier und verteidigt gegebenenfalls die Tür.“

„Aber …“, hob Zerron an.

„Kein Aber“, unterbrach Raven ihn. „Komm, Belana.“

Raven nahm seinen Bogen. Dann verließ er mit Belana und Spy das Versteck.

Erneut vermied Raven es, das Licht im Gang anzumachen, sondern benutzte nur die Taschenlampe. In deren Licht sah er Spy, der dicht unter der Decke entlangflatterte.

Wieder erreichte Raven die Ecke, wo er vor zwei Minuten die Sledgehammer gesehen hatte. Doch jetzt war dort niemand mehr.

Waren die Kerle weg? Das wäre zu schön, um wahr zu sein.

Da erklang ein höhnisches Lachen ein paar Meter entfernt. Dann Schläge – es klang, als ob jemand mit einem schweren Gegenstand gegen die Wand bollere.

„Kommt raus“, erklang Snakes Stimme. „Wir finden euch sowieso!“

Belana schaute Raven besorgt an. „Die scheinen noch ganz in der Nähe zu sein.“

Er lächelte schwach. „Dann sollten wir das ändern."

Er lief voraus und hielt sich in die Richtung, in der er Snake vermutete. Im Laufen legte Raven einen Pfeil ein. Er wollte erreichen, dass einer der Sledgehammer – am besten Snake – ihn und Belana sah und die Verfolgung aufnahm. Dann plante er, die Typen möglichst weit vom Versteck der Deserts wegzulocken.

Auf der Höhe einer leeren Vorratskammer bremste er scharf ab und zog Belana hinein.

Vor ihnen, vielleicht fünfzig Meter entfernt, stand jemand im niedrigen Korridor.

War das Snake? Hatte er sie gesehen?

Mit klopfendem Herzen löschte Raven die Taschenlampe, zählte im Stillen bis zwanzig und linste aus der Kammer.

Leer, der Gang war leer.

Leise verließen die beiden mit der Krähe den Raum und liefen weiter, bis sie auf einen weiteren Gang stießen. Rechts ging es zur geheimen Tiefgarage.

Raven betete, dass die Sledgehammer die Fahrzeuge noch nicht entdeckt hatten.

Er hielt sich links, weil er von dort wieder ein verdächtiges Geräusch vernommen hatte.

Nach etwa fünfzig Schritten bogen sie erneut ab. Es folgte eine kurze Treppe, die zu einem weiteren Korridor hinabführte. Zu beiden Seiten waren erneut Lagerräume, auch sie allesamt leer.

Raven zögerte. Er hörte keine Stimmen mehr, kein hässliches Lachen. Auch war kein Lichtschein mehr zu sehen. Waren sie falsch? Liefen die Sledgehammer in ihrem Rücken etwa geradewegs auf das Versteck mit ihren Freunden zu?

Er schaute fragend zu Belana, doch sie zuckte nur mit den Schultern.

In dieser Sekunde tauchte hinter ihr ein gewaltiger Schatten auf. Der Angriff kam so schnell, dass Raven noch nicht einmal schreien konnte, um Belana zu warnen.

Hector, der in einem der dunklen Räume gelauert haben musste, packte sie von hinten. Seine rechte Pranke schloss sich um ihren Mund, die linke wie eine Klammer aus Stahl um ihren Arm.

„Wen haben wir denn da?", grölte er. „Was für ein süßes Püppchen!"

Raven spannte den Bogen.

„Nur zu!", lachte Hector und hielt Belana wie einen Schild vor sich.

Doch sie blieb cool und gab ihm mit einem Blick zu Hectors Füßen zu verstehen, was sie vorhatte – und Raven verstand …

„Leg den Bogen weg, wenn dir irgendetwas am Leben der Kleinen gelegen ist", forderte Hector.

Zum Schein ließ Raven die Waffe langsam sinken.

„So ist es brav", lachte Hector.

Im Bruchteil einer Sekunde spannte Raven den Bogen und ein Pfeil bohrte sich in den linken Fuß des Kriegers.

Hector schrie auf und ließ Belana einen Moment los. Sie rammte ihm den Ellbogen in den Magen, wirbelte herum und versetzte ihm einen Tritt vor die Brust, der ihn zu Boden schickte. Mit einem Satz war sie über ihm, eines der Messer gezückt.

„Nein, bitte nicht“, flehte er.

„Lass ihn, der hat genug“, meinte Raven und zog sie von Hector weg.

„Fass mich nie wieder an“, sagte sie leise und drohend zu dem Krieger.

Hector grunzte mit schmerzverzerrtem Gesicht.

„Jetzt komm, Belana“, meinte Raven während er in den Gang hinter sich schaute. „Wir müssen zu den anderen.“

Er riss den Pfeil aus dem Stiefel und Hector stöhnte auf.

„Hör auf zu jammern“, meinte Raven und wischte das Blut an Hectors Hose ab, bevor er den Pfeil zurück in den Köcher schob.

Dann stürmte er mit Belana den Gang hinunter, der vom Versteck der Freunde wegführte.

„Da sind sie!“, schrie jemand hinter ihnen.

Sie rannten weiter und drangen tiefer und tiefer in das Labyrinth vor.

Im Laufen warf Raven einen Blick über die Schulter: Eine dunkle Masse aus brüllenden Kriegern war hinter ihnen her.

Belana schoss an einer Ecke nach links.

„Nein, da sind wir falsch, hier geht es lang“, rief Raven und hielt sich nach rechts.

„Quatsch, das ist eine Sackgasse“, warnte sie.

Doch Raven war sich völlig sicher, dass Belana sich irrte. Also sprintete er nach rechts.

„Verdammt, Raven – das ist ein Fehler“, schrie sie.

Aber er ließ sich nicht beirren und stellte mit einem weiteren Blick nach hinten zufrieden fest, dass sie ihm folgte, wenn auch fluchend.

Raven hetzte weiter, bog erneut ab und stand ... vor einer Mauer.

„Sag ich doch, eine Sackgasse“, keuchte Belana.

Schweiß bildete sich auf Ravens Stirn. Wie hatte er sich nur so irren können?

Er schaute zurück, doch da bogen die Verfolger schon um die Ecke.

Johlend kamen die Sledgehammer näher. Einige trugen Taschenlampen, andere hatten bereits die Wurfhämmer gezückt. Die Krieger waren höchstens noch fünfzig Meter entfernt.

Ravens Mund wurde trocken. Endstation. Sie saßen in der Falle! Und er war schuld ...

In dieser Sekunde krächzte Spy und flatterte nach oben.

Raven schaute ihm nach und erblickte direkt über sich einen kreisrunden Belüftungsschacht. Er leuchtete hinein und sah eine rostige Metallleiter.

„Spy! Du bist genial!“, sagte er und meinte zu Belana: „Schnell, da rauf.“

Sie sprang, bekam die unterste Sprosse zu fassen und zog sich geschickt hinauf. Spy ließ sich auf Ravens Schulter nieder, als dieser begann, die Leiter emporzuklettern.

Nach wenigen Metern erreichte Belana den Schachtdeckel, den sie mit einiger Mühe hochdrücken konnte. Schon war sie aus der Röhre geschlüpft. Spy flog hinter ihr aus dem Schacht.

Raven hatte nur noch zwei Sprossen vor sich.

„Ich krieg dich, Ratte“, klang es dumpf hinter ihm.

Eine Hand packte seinen Fuß. Raven trat um sich und hörte den Kerl schreien.

Doch der andere ließ nicht locker, und plötzlich spürte Raven zwei Hände an seinen Schuhen. Der Kerl schien sich an ihm festzuhalten und ihn hinunterreißen zu wollen.

Verdammt, wie schwer war der Mistkerl denn?, fragte sich Raven verzweifelt und klammerte sich an der rostigen Sprosse fest.

„Komm schon!“, rief Belana.

„Ich kann nicht“, erwiderte er. „Einer der Typen hängt an mir.“

„Press dich dicht an die Wand und zieh den Kopf ein“, ordnete Belana an.

Sekunden später flog etwas an Raven vorbei und es folgte ein weiterer Schrei. Mit einem Mal waren seine Füße frei und Raven konnte aus der Röhre entkommen.

Sie knallten den Deckel zu und beschwerten ihn mit Steinen.

„Danke ! Das war eines deiner Wurfmesser, nehme ich an“, sagte Raven dabei zu Belana.

Sie lächelte ihn an. „Richtig, jetzt steht es eins zu eins. Wir sind quitt.“

Sobald sie sicher waren, dass sie die Sledgehammer abgehängt hatten, liefen sie zu ihren Freunden zurück. Nachdem sie ausführlich berichtet hatten, wandte sich Raven wieder Mysticon zu: „Was ist nun mit meiner Schwester? Wie ist es ihr ergangen? Und wie hast du überlebt?“

„Wie alle anderen, würde ich sagen. Tauschhandel, Jagen – manchmal hatte ich Glück, manchmal nicht. Jahrelang zog ich durch diese verdammte Ödnis auf der Suche nach einem Plätzchen, wo man es aushalten konnte. Und natürlich suchte ich auch nach dir und Enya. Doch es schien aussichtslos. Ganz gleich, wen ich fragte oder wem ich das Foto zeigte, niemand hatte euch gesehen. Eines Tages fand ich dann den Tower …"

Raven schaute fragend zu seinen Freunden. Doch auch sie schienen diesen Namen zum ersten Mal zu hören.

Mysticon fuhr mit seinen langen Fingern durch das dichte Fell von Yellow. Der Wolf blinzelte ihn mit dem einen Auge an und gähnte herzhaft.

„Der Tower ist eine Ölplattform", erklärte Mysticon und korrigierte sich im selben Atemzug. „Nein, sie war es. Sie ist nicht mehr in Betrieb und wurde zu einer Festung umgebaut, und zwar von einer Gruppe Jugendlicher, wie ihr es seid. Sie nennen sich die Waters und werden von einer jungen Frau angeführt."

Er schaute in die Runde.

„Tja, und diese junge Frau ist Enya, deine Schwester, Raven. Ich war wie vom Blitz getroffen. Auch wenn schon einige Jahre ins Land gezogen waren, erkannte ich sie gleich wieder."

Raven atmete auf.

„Auch Enya wusste nicht, was es mit den Röhrchen auf sich hat", berichtete Mysticon. „Ich erklärte es ihr und sie war genauso überrascht wie du jetzt, Raven. Immerhin konnte sie sich daran erinnern, einen Bruder gehabt zu haben. Doch sie glaubte, du seist tot. Das vermutete ich auch, als das Haus vom Wasser verschlungen und ich von euch getrennt wurde. Aber als ich Enya vor mir sah, kam die Hoffnung zurück, dass auch du noch am Leben sein könntest und sich das Rätsel um die genaue Lage von Paxtonia lösen ließe. Also ging ich vor etwa einem halben Jahr wieder auf die Suche."

Er deutete auf Raven. „Tja, und jetzt sitze ich hier vor dir. Ein kleines Wunder, findest du nicht?“

„Ich glaube nicht an Wunder“, sagte Raven.

„Wie dem auch sei. Ich machte mich vom Tower aus auf den Weg durch die zerstörte Welt, um dich und den zweiten Teil der Karte zu finden. Deine Schwester nannte mich einen Narren. Sie war überzeugt, dass du nicht mehr am Leben bist.“ Mysticon deutete auf das Röhrchen. „Darf ich?“

Zögernd gab Raven es ihm.

Nun zeigte Mysticon auf den seltsamen Verschluss. „Man braucht das andere Röhrchen, um das eigene zu öffnen“, erklärte er. „Wenn man diese Verschlüsse aufeinanderdrückt und gegen den Uhrzeigersinn dreht, lassen sich beide Behälter problemlos öffnen.“

Er warf Raven das Röhrchen wieder zu.

Nachdenklich schaute Raven auf seinen Talisman. Dieses kleine Ding in seiner Hand schien die Antwort auf ihre Fragen zu sein. Ein Weg aus dieser ausweglosen Situation. Ihm wurde klar, dass er zu seiner Zwillingsschwester musste. Denn vielleicht konnte Raven mit ihr und den Deserts Paxtonia erreichen und dort ein neues Leben beginnen – in Sicherheit. Das war die Chance, auf die sie gehofft hatten.

Nur wie sollte Raven zu Enya gelangen?

AUSBRUCH

Als Raven von dem Röhrchen aufblickte, bemerkte er, dass alle ihn anschauten. Was sollte er tun? Wie konnte es weitergehen? Raven wollte nicht allein darüber entscheiden.

„Hank, ich würde mich gerne kurz mit dir beraten", sagte er. „Und auch mit euch, Zerron und Belana."

Raven spürte, wie Dippy ihn erwartungsvoll ansah. Klar, der Kleine wollte auch dabei sein. Doch er war einfach noch zu grün, zu unerfahren. Raven schüttelte den Kopf. Dippy wandte sich enttäuscht ab.

„Okay", sagte Hank und rollte in einen angrenzenden kleinen Raum. Zerron, Belana und Raven folgten. Kurz bevor Raven den Raum betrat, raunte er Big T zu: „Und du passt auf diesen Mysticon auf ..."

„Klar, wird gemacht."

Nachdem Raven die Tür hinter ihnen geschlossen hatte, meinte er: „Was haltet ihr von der Sache?"

„Paxtonia – wenn es das wirklich gibt, wäre es ein Traum", sagte Zerron.

„Ja, klar", kam es von Hank. „Aber ich traue diesem Kerl nicht."

„Ich auch nicht", meinte Belana. „Es würde mich nicht wundern, wenn die ganze Geschichte erfunden ist."

Raven verschränkte die Arme vor der Brust. „Auch ich traue dem Typ nicht. Aber er hat das Foto."

„Und wenn er es deinem Vater gestohlen hat?", wandte Hank ein.

„Warum sollte er das tun? Welchen Wert hat diese Aufnahme für Mysticon? Seine Geschichte passt außerdem zu dem Traum, den ich immer habe. Ihr wisst schon ... die Welle und das Mädchen neben mir", gab Raven zu bedenken. „Zudem kennt er das Geheimnis der Röhrchen. Wir müssen Mysticon ja nicht trauen, aber es muss etwas Wahres dran sein. Und was für andere Optionen haben wir? Wir können uns nicht ewig in diesem Loch verkriechen."

Zerron blies die Backen auf. „Du willst also mit seiner Hilfe dieses gelobte Land suchen?"

Raven nickte. „Ich weiß nicht, was wir sonst tun sollten."

„Aber wie kommen wir hier raus?", fragte Belana.

„Wir treten diesem verdammten Snake und seiner Truppe gehörig in den Hintern und schlagen uns zu Enya durch. Dann setzen wir die Karte zusammen und fahren nach Paxtonia", schlug Raven vor.

Hank lachte auf. „Wenn es so einfach wäre! Aber das ist glatter Selbstmord. Wir werden alle sterben."

Raven lächelte. „Nein. Und schon gar nicht alle. Wir werden einen kleinen Trupp aus Freiwilligen zusammenstellen, der noch heute Nacht einen Ausbruchsversuch wagt. Die anderen bleiben hier. So halten wir die Verluste gering. Wenn es uns gelingen sollte, den Sperrriegel der Sledgehammer zu durchbrechen, machen wir uns zunächst auf den Weg zu Enya. Mit ihr könnten wir weiter nach Paxtonia fahren. Wenn alles glatt geht und wir dieses Paradies wirklich finden, werde ich zurückkehren und die, die hiergeblieben sind, nachholen." Er schaute in die angespannten Gesichter seiner Freunde.

Für einen Moment herrschte Schweigen. Belana, Hank und Zerron schienen abzuwägen, jeder für sich.

Hank war es, der das Schweigen schließlich als Erster brach. „Warum nicht, einen Versuch ist es wert“, sagte er und deutete auf den Rollstuhl: „Aber eines ist klar: Ich kann dich nicht begleiten, Raven. Ich bin nur ein Krüppel, ich wäre dir dabei nur eine Last.“

„An dich habe ich auch gar nicht gedacht“, sagte Raven. „Denn ich brauche einen klugen Kopf hier in Blackpool. Du musst die Gruppe zusammenhalten, die Verteidigung und Versorgung organisieren und ihnen immer wieder Mut machen, Hank. Ich wüsste niemanden, der das besser kann als du. Sorg dafür, dass sie cool bleiben und nicht durchdrehen in diesem Loch.“

Hank nickte. „Ich werde mein Bestes geben.“

„Gut.“ Raven blickte zu Belana und Zerron. „Was meint ihr?“

Die beiden nickten. „Okay.“

„Gut“, sagte Raven noch einmal. „Dann stellen wir jetzt unseren Plan vor und schauen mal, wer sich für den Trupp meldet.“

Sie verließen den Nebenraum und gingen zu den anderen, die sie erwartungsvoll anschauten.

Raven analysierte in knappen Sätzen ihre Lage und erklärte, was er vorhatte. Nach einigen Fragen waren alle einverstanden, auch Mysticon.

„Klingt großartig“, sagte er. „Ich bin dabei.“

Raven runzelte die Stirn. „Du? Bist du dafür nicht …“

„Was denn?“, brauste Mysticon auf. „Zu alt? Du solltest mich nicht unterschätzen, Raven. Außerdem wirst du mich brauchen, denn im Gegensatz zu dir kenne ich den Weg zu deiner Schwester.“

„Stimmt. Aber du könntest mir sagen, wo der Tower liegt“, konterte Raven. „Dann brauchst du das Risiko nicht einzugehen, mich zu begleiten."

Mysticon beugte sich vor und starrte Raven an. In seinen Augen lag ein seltsamer Glanz. „Nein. Ich möchte auch nach Paxtonia. Und ich will nicht, dass euch auf dem Weg dorthin etwas … zustößt. Und mir auch nicht."

Raven sog die Backen nach innen. Mysticon misstraute ihm. Außerdem wollte er sich offensichtlich unentbehrlich machen.

„Na schön, wie du meinst", sagte Raven obenhin.

„Dann sind wir uns ja einig", erwiderte Mysticon. „Noch etwas: Falls wir lebend aus Blackpool rauskommen sollten, was ziemlich unwahrscheinlich ist, sind wir noch lange nicht in Sicherheit. Wir brauchen etwa drei Tage bis zum Tower, und auf unserem Weg liegt das Gebiet der Schattenländer …"

„Schattenländer?", fragte Big T. „Wer soll das sein?"

„Die sehen aus wie Mönche", antwortete Mysticon. „Sie tragen Kutten mit Kapuzen und achten darauf, dass man ihre Gesichter nie sieht. Die Typen hausen in einem Schluchtenlabyrinth und sind verdammt gefährlich. Sie fahren in Leichenwagen herum und schießen gern mit kleinen, aber höchst wirkungsvollen Armbrüsten um sich, die sie am Unterarm festgeschnallt und in den weiten Ärmeln der Kutten verborgen haben. Ach ja, und Tiere haben sie auch: angriffslustige Geier."

„Klingt ja sympathisch", lachte Big T und massierte den Nacken des Pitbulls. „Da bist du mir aber hunderttausendmal lieber." Dann schaute er zu Raven: „Auf mich und Rollercoaster kannst du zählen. Wir kommen mit."

Der Hund legte den Kopf schief, wedelte und begann, glücklich zu sabbern.

Zerron und Dippy meldeten sich ebenfalls für das Himmelfahrtskommando, was Raven mit einem freudigen Kopfnicken registrierte.

„Ich komme auch mit“, sagte nun Belana.

Raven war hin- und hergerissen. Zum einen freute er sich, dass sie an seiner Seite sein und ihn begleiten wollte, auch wenn es vielleicht sein letzter Weg war. Belana war schlau und wenn es darauf ankam, eine gnadenlose Kriegerin. Andererseits fürchtete er um ihr Leben.

„Nein“, lehnte er ab. „Zu gefährlich. Ich brauche dich hier.“

Sie stand auf und kam zu ihm. „Es ist mein Leben. Nicht deins. Ich bin dabei. Du kannst auf einer solchen Tour nicht auf jemanden verzichten, der im Notfall auch mal einen zusammenflickt, Raven. Und ich bestimme selber, was ich tue. Ist das klar?“

Ihre Blicke trafen sich und Raven wusste, dass es nichts mehr zu diskutieren gab.

Es gab noch weitere Freiwillige, doch Raven entschied, dass die Gruppe klein bleiben sollte.

„Die anderen bleiben hier und verteidigen sich. Hank übernimmt wie besprochen das Kommando im Bunker.“

Hank nickte und klopfte auf den Flammenwerfer.

„Wir müssen versuchen, mit Big Ts Trummer die Sperren der Sledgehammer zu durchbrechen“, ergänzte Raven.

Sein großer Freund klatschte in die Hände. „Das wird ordentlich krachen!“

„In deinem Fahrwasser folgen wir in unseren Fahrzeugen", fuhr Raven fort und fragte Mysticon: „Apropos Fahrzeuge. Wie bist du eigentlich unterwegs? Zu Fuß?"

Mysticon maß ihn mit einem abschätzend kühlen Blick. „Natürlich nicht. Es ist eine Stretchlimousine auf der Basis eines Cadillacs. Sie steht ziemlich nah an eurer Grenze im Gebiet der Wölfe. Der Wagen hat 489 PS, eine Bar und einen Geschützturm."

Zerrons Kinnlade klappte herunter. „Wie bitte – einen Geschützturm?"

„Ja, bei der Limousine handelt es sich um ein Cabrio. Ziemlich praktisch. Ich kann das Dach aufmachen, das Geschütz per Knopfdruck aus der Rückbank hochfahren lassen und feuern, ohne mir selbst den Hintern wegzuschießen. Ich werde die Karre holen. Gut möglich, dass sie uns nützlich sein wird."

„Nur zu!", rief Dippy.

„Und noch was: Da wir wie gesagt bis zum Tower einige Tage unterwegs sind, brauchen wir Wasser, Vorräte und Benzin", gab Mysticon zu bedenken.

„Mein Trummer hat eine große Ladefläche und Tanks, da kriegen wir einiges mit", meinte Big T.

„Genau", stimmte Raven ihm zu. „Wir zapfen einen Teil der letzten Wasservorräte ab. Außerdem nehmen wir Fässer mit Benzin und etwas zu essen mit."

„Wie weit ist es genau bis zum Tower?", wollte Dippy wissen. „Also wie viele Kilometer? Wenn ich das weiß, kann ich in etwa ausrechnen, wie viel Sprit wir brauchen werden …"

„Gute Idee, Dippy!", lobte Raven. Dippy grinste stolz.

„Das dürften rund eintausend Kilometer sein“, antwortete Mysticon.

Dippy schnappte sich ein Blatt Papier, zückte einen Stift und begann, Zahlen zu notieren. „He, Big T, was verbraucht dein Trummer? Unmengen, oder?“

„Na ja, unter fünfundzwanzig Liter pro hundert Kilometer macht er es nicht.“

„O Mann“, ächzte Dippy. „Die Karre säuft wie ein Loch. Mysticon, wie hoch ist dein Verbrauch?“

So sammelte Dippy sämtliche Daten, die er brauchte, und kam schließlich auf rund eintausendzweihundert Liter, die sie allein für die Hinfahrt brauchen würden.

„Natürlich sollten wir eine Reserve einplanen. Ich würde eintausendfünfhundert Liter mitnehmen. Also acht Fässer!“, meinte Dippy.

„Das sind fast unsere gesamten Vorräte“, gab Hank zu bedenken. „Und ihr habt den Rückweg nicht mit eingerechnet …“

Raven legte ihm eine Hand auf die Schulter. „Wir werden beim Tower Sprit bekommen. Ich fahre zurück und hole euch, Hank. Versprochen.“

Hank nickte nachdenklich.

Dann begannen sie mit den Vorbereitungen. Nachdem sich Raven vergewissert hatte, dass sich keiner der Sledgehammer in den Gängen oder der Tiefgarage herumtrieb, wurden die Benzinfässer zum Trummer gerollt und mit den Proviantkisten aufgeladen. Zerron kümmerte sich mit einigen Helfern um das Trinkwasser. Sie füllten alle Behälter ab, die sie finden konnten und die noch auf den Trummer passten. Anschließend wurde die Ladung mit Gurten gesichert.

Die Anspannung war enorm. Alle waren in Gedanken versunken, was die Zukunft bringen würde. Würden sie es sicher aus Blackpool raus schaffen? Und was war mit den restlichen Deserts? Wie lange konnten sie hier im Versteck ausharren?

Rollercoaster lief hechelnd von einem zum anderen und stupste sie an – wohl in der Hoffnung, ein paar Streicheleinheiten zu bekommen. Doch niemand hatte jetzt Zeit dafür.

Als Raven eine schwere Kiste auf den Trummer gewuchtet hatte und einen Moment verschnaufte, trat Belana zu ihm. „Ich habe die Arzneien und Verbände aufgeteilt. Eine Notfallapotheke ist für uns, der Rest bleibt für die anderen hier."

„Ich hoffe, dass wir unsere nicht brauchen."

Sie berührte ihn an der Schulter. „Wenn wir diese Dinge benutzen, sind wir wenigstens noch nicht tot."

Er lächelte. „Was für eine Logik. Tust du mir einen Gefallen?"

„Vielleicht. Kommt drauf an."

„Pass auf dich auf."

Nun nahm sie seine Hand und drückte sie sanft. „Okay, du aber auch …"

Für einen Moment vergaß er die Angst. Auch wenn er heute Nacht starb, so war er wenigstens nicht allein.

„Platz da!", rief Big T und schob einen Karton mit Konserven auf die Ladefläche.

Raven lächelte Belana an. Dann lief er los, um die nächste Kiste heranzuschleppen.

Zwei Stunden später waren die Deserts fertig. Der Trummer war nun unter anderem mit dem Benzin und vielen großen Kanistern mit Trinkwasser beladen. Da glitt Mysticon in seiner Stretchlimousine heran. Der Wagen hatte lange, elegant geschwungene Heckflossen. Aus dem offenen Dach ragte ein schweres Maschinengewehr. Direkt darunter war ein beleuchteter Kühlschrank mit einer Glasfront. Raven erkannte zahllose Kristallkaraffen mit den unterschiedlichsten Flüssigkeiten, Champagnerflaschen und einen Eiscooler.

Er fragte sich, wo genau Mysticon den Wagen versteckt gehabt hatte und wie es ihm gelungen war, ihn jetzt zu holen. Schließlich waren bestimmt Patrouillen der Sledgehammer unterwegs.

Ein böser Gedanke kam ihm. Spielte Mysticon ein doppeltes Spiel? Einmal mehr spürte Raven, dass er diesem Mann nicht traute.

„Wow, was für eine irre Karre!", rief Zerron in diesem Moment. Er fuhr mit den Fingerspitzen über den pinkfarbenen Lack und deutete zu der Waffe, die auf einer Lafette ruhte. „Und was für eine Wumme!"

„Richtig", sagte Mysticon nicht ohne Stolz, als er ausstieg. „Kaliber 18, 1.500 Schuss pro Minute."

Zerron strahlte. „Herrlich!"

„Auch das", erwiderte Mysticon ruhig und schaute herausfordernd zu Raven. „Geht's los?"

„Ja", antwortete der ebenso ruhig. „Aber wir werden etwas anders an die Sache herangehen. Ich hatte gerade noch eine Idee."

„Was, ich darf nicht in die Sperre rasen?", fragte Big T enttäuscht.

„Doch, das schon, aber wir machen es ein wenig dezenter."

Mysticon verschränkte die Arme vor der Brust. „Da bin ich ja mal gespannt."

Der Unterton gefiel Raven überhaupt nicht. Doch er ging nicht darauf ein, sondern meinte zu Dippy: „Jetzt kommst du ins Spiel."

Dippy krauste die Stirn. „Okay, lass hören."

„Du steigst mit deinem Hubschrauber auf und lenkst die Sledgehammer auf eine falsche Spur. Halte dich ein Stück in Richtung Süden, zum Viertel der Händler. Snake und seine Leute sollen glauben, dass wir zum Hafen wollen. Sie werden dich verfolgen."

„Verstehe, ich spiele den Lockvogel", sagte Dippy. „Und ihr versucht im Rücken der Sledgehammer nach Norden durchzubrechen – quer durch ihr Gebiet."

„Exakt, so haben wir es nicht mit allen Sledgehammern zu tun, sondern nur mit einem Teil", bestätigte Raven. „Du stößt später wieder zu uns. Traust du dir den Job zu, Dippy?"

„Klar", sagte er lässig, doch Raven sah ihm an, dass er längst nicht so cool war, wie er tat.

Er beobachtete, wie Dippy nach vorn zum Eingang der Garage lief und begann, die Plane von dem kleinen Hubschrauber zu reißen.

Raven nutzte die Zeit, um zu Hank zu gehen.

„Auf bald", sagte er zu ihm.

Hank lächelte schwach. „Vielleicht. Vielleicht aber auch nicht."

„Doch klar. Wir kommen wieder. Du musst uns vertrauen, wir werden alles geben."

„Das tue ich“, erwiderte Hank. „Und ich weiß, dass ihr alles tun werdet, um eure und unsere Hintern zu retten. Aber ich weiß auch, dass ihr in wenigen Minuten tot sein könnt, wenn es dumm läuft. Und dann sind wir es hier in diesen Löchern ebenfalls.“ Er klopfte auf den Flammenwerfer. „Aber ich werde nicht allein in die Hölle fahren …“

Raven schmunzelte. „Nicht nötig. In der Hölle bist du schon, Hank. Sieh dich doch nur mal um.“

Da musste Hank laut lachen. „Nicht schlecht, Raven.“

Raven ging in die Knie und schaute Hank direkt an. „Wir schaffen das. Aber es kann sein, dass es etwas dauert. Tage, vielleicht auch eine Woche oder mehr. Du musst die Leute hier irgendwie bei Laune halten. Sie dürfen nicht verzweifeln und den Bunker nur im Notfall verlassen.“

„Ich werde sie beschäftigen“, kündigte Hank an. „Mit Wachdienst und Instandhaltungsarbeiten. Irgendetwas fällt mir schon ein.“

Raven drückte seine Schulter. „Gut. Wir alle müssen daran glauben, dass wir eine Chance haben.“

Nun wirkte Hank sehr nachdenklich. „Glauben? Was für ein Wort … Irgendwie altmodisch, wie aus einer längst vergangenen Zeit. Glaubst du an irgendetwas, Raven?“

Motorenlärm war zu hören. Dippy hatte den Motor gestartet, stellte Raven mit einem kurzen Blick fest. Der Rotor drehte sich bereits.

„Ja“, sagte Raven schließlich. „Ich glaube an uns.“

Hank nickte.

„Ich muss los“, sagte Raven, als er sah, dass der Helikopter mit Dippy abhob.

Hank seufzte, während Raven die Rampe hochschlich und die Lage peilte.

Dippy schwebte über einem Trümmerfeld und gab sich alle Mühe, dass man ihn sah.

Keine zwei Minuten später brüllten Motoren auf. Scheinwerfer schnitten durch die Dunkelheit, drei Motorräder mit Beiwagen näherten sich. Die Sledgehammer!

Raven verschwand hinter einem großen Steinbrocken und schielte seitlich daran vorbei.

Die drei Typen fuhren auf Dippy zu. Aus den umliegenden Straßen rollten weitere Maschinen heran. Jetzt waren es etwa zwanzig Motorräder. Auf einem saß Snake, der mit dem Wurfhammer auf Dippy deutete und irgendetwas brüllte, was Raven wegen des Motorenlärms nicht verstand.

Nun flog Dippy auf den Hafen zu und die Meute folgte ihm.

Der Plan funktionierte! Raven atmete auf. Er flitzte zurück in die Garage, sprang in seinen X-Bow, in dem Spy bereits hockte, und ließ den Motor an.

Belana, Zerron sowie Mysticon mit Yellow enterten ebenfalls ihre Fahrzeuge. Schließlich kletterte auch Big T hinter das Steuer seines Trummers und setzte Rollercoaster, der neben ihm auf dem Beifahrersitz hockte, eine schicke Sonnenbrille auf. Der Pitbull begann zu hecheln.

Raven grinste, reckte den Daumen nach oben und ließ Big T den Vortritt. Der schwere Trummer sollte schließlich als Erster durch die Sperren brechen.

Als Big T die Rampe hinaufgerollt war, winkte Raven Hank und den anderen noch einmal zu und jagte den X-Bow aus dem Versteck. Spy krallte sich an der Kopfstütze fest. Belana, Zerron und schließlich Mysticon folgten.

Der Trummer wartete mit blubberndem Motor. Raven und die anderen schlossen dicht zu ihm auf.

Die Straße führte etwa vierhundert Meter geradeaus. Auf der Höhe einer ehemaligen Apotheke war eine Sperre, die die Deserts einst errichtet hatten und die jetzt mit Sicherheit von den Sledgehammern kontrolliert wurde.

Raven spürte, wie sein Mund trocken wurde. Er sah, wie sich der mächtige Trummer in Bewegung setzte. Nichts würde dieses Monstrum aufhalten können.

Wie ein Stier mit gesenktem Schädel donnerte der voll bepackte Trummer auf die Sperre zu.

Raven fuhr nun links versetzt, damit er freie Sicht hatte. Auf seiner Höhe, jedoch rechts vom Trummer, raste Belana auf ihrem Bike.

Raven beschleunigte und behielt dabei den Drehzahlmesser im Auge. Als die Nadel zitternd vor dem roten Bereich stand, knipste Raven den nächsten Gang rein. Katzengleich sprang der X-Bow nach vorn. Die Reifen radierten auf dem brüchigen Asphalt.

Noch dreihundert Meter, noch zweihundertfünfzig! Die Grenze flog förmlich auf sie zu.

Dong! Etwas krachte gegen den Seitenholm und fast hätte Raven das Steuer verrissen.

Der nächste Schlag erschütterte den X-Bow und nun erkannte Raven, dass die Sledgehammer offenbar auch die Gebäude rechts und links der Straße besetzt hielten und den Konvoi nun mit ihren Wurfhämmern angriffen.

Von links kam Nummer drei. Das Ding jagte an seiner Frontscheibe vorbei und ...

Belana!

In letzter Sekunde riss sie den Lenker hoch. Der Wurfhammer wirbelte unter dem Vorderreifen hindurch und krachte gegen eine Mauer. Steine spritzten.

Belana gab Gas und tauchte rechts in den Schatten des Trummers ein. Nun war sie wenigstens von der einen Seite gedeckt.

Raven schaute in den Rückspiegel und erblickte Zerron, der in seinem Trike über die Piste jagte. Dahinter war Mysticon in seiner endlos langen Karre.

Jetzt ratterte ein Maschinengewehr los. Mysticon hatte die leeren Fensterhöhlen der heruntergekommenen Gebäude auf der linken Seite ins Visier genommen. Salve um Salve feuerte er ab, während die leeren Patronenhülsen nur so flogen.

Raven konzentrierte sich wieder auf das kurze Stück, das noch bis zur Grenze blieb.

Links vor ihm tauchte eine Gasse auf, in der zwei Motorräder mit Beiwagen standen. Ihre Motoren heulten. Jetzt beschleunigten die Fahrer und klemmten sich mit ihren Bikes direkt neben Raven. Der Beifahrer in der ersten Maschine schaute zu ihm, und Raven sah den Hass und die Wut in dessen Gesicht. Jetzt richtete er sich auf und hob den Hammer, um ihn beidhändig auf Ravens Karosse zu schmettern.

Als die Waffe niedersauste, tippte Raven kurz auf die Bremse.

Der Hammer schlug knapp an der Motorhaube vorbei ins Nichts. Durch den Schwung der schweren Waffe verlor der Angreifer das Gleichgewicht, kippte schreiend aus dem Beiwagen und krachte auf die Straße.

Raven lächelte in sich hinein.

Aber das zweite Team der Sledgehammer ließ nicht lange auf sich warten. Wieder wählten sie seine linke Flanke. Doch dieser Beifahrer hielt etwas Abstand, und Raven wurde klar, dass der Kerl die Waffe aus kurzer Distanz in die Seitenscheibe, hinter der Raven saß, schleudern wollte.

Er reagierte blitzschnell und drückte einen Knopf neben dem Tacho. Aus den Felgen wuchsen zwölf Messer mit einer Klingenlänge von je fünfzig Zentimetern. Raven lenkte ruckartig nach links und erwischte das Rad des Beiwagens.

Bäng, was für ein schöner Ton! Der Reifen wurde von den rasiermesserscharfen Klingen zerfetzt.

Raven lenkte gegen und vergrößerte den Abstand zum Feind. Er sah, wie die Felge des Rades am Beiwagen auf dem Asphalt aufsetzte. Funken sprühten, das Motorrad geriet ins Schlingern. Der Fahrer versuchte alles, um die Kontrolle über das Bike zu behalten – jedoch vergebens: Es knallte in eine Ansammlung von Mülltonnen, die scheppernd zur Seite flogen und prallte schließlich gegen eine Mauer. Fahrer und Beifahrer hob es von den Sitzen. Wie zwei Puppen flogen sie über die Mauer, hilflos mit den Armen rudernd.

Raven starrte wieder nach vorn. Ein weiteres Geschoss wirbelte aus einem Fenster der Häuser durch die Nacht, traf diesmal den

Trummer und blieb auf der Ladefläche in der Nähe eines Benzinfasses liegen.

Raven grinste erneut – die Waffe der Feinde konnten sie vielleicht später gut gebrauchen.

Doch seine Freude währte nur Sekunden, denn plötzlich schlugen Flammen aus dem Wurfhammer, der offenbar mit einem Brandsatz versehen worden war. Schon kroch ein gieriges Flämmchen auf das Fass zu.

O Gott, dachte Raven. Gleich würde es den tonnenschweren Trummer zerreißen. Big T und Rollercoaster hätten null Überlebenschancen!

Wie konnte er Big T warnen? Gar nicht, lautete die Antwort.

Noch hundert Meter, achtzig, fünfzig. Eine Rauchfahne hinter sich her ziehend, donnerte der Trummer auf die Sperre zu. Immer wieder wurde er von Hämmern getroffen, ließ sich aber nicht aufhalten.

Mysticon feuerte unterdessen ohne Unterlass. Das Rohr musste glühen.

Als der Trummer nur noch wenige Meter von der Barriere entfernt war, brachten sich die letzten Wachen der Sledgehammer in Sicherheit, indem sie zur Seite sprangen.

Dann gab es einen furchtbaren Schlag: Der Koloss war mit dem mächtigen Rammschutz voran ungebremst in das Hindernis gekracht.

Mehrere Dinge geschahen nun gleichzeitig: Teile von Motorrädern flogen in alle Richtungen, darunter ein Auspuffrohr, das sich wie eine Lanze in die tote Auslage der Apotheke bohrte. Ein

Lenker schraubte sich wie einer von Big Ts Bumerangs in die Höhe. Es hagelte Schrauben und Glas. Das Wrack eines ausgebrannten Kleinwagens, das zur Barriere gehört hatte, wurde zur Seite katapultiert und krachte die Treppe zu einem verlassenen U-Bahn-Schacht hinunter. Holzsplitter, Wellblech und Ziegelsteine wirbelten hoch und prasselten zurück auf die Straße wie ein Gewitterregen, Stacheldraht drehte sich in der Luft und erinnerte Raven an hässliche graue Luftschlangen – und der brennende Wurfhammer fiel von der Ladefläche. Das Feuer erlosch. Raven atmete auf.

Der Trummer bäumte sich auf und kletterte förmlich über die Reste der Grenzbefestigung. Seine acht Tonnen walzten all das platt, was noch im Weg herumlag. In seinem Windschatten überwanden auch Belana, Zerron und Mysticon die Barriere. Raven trieb den X-Bow ganz gezielt über ein breites und leicht schräg stehendes Brett. Es wirkte wie eine Sprungschanze, der X-Bow flog ein Stück durch die Luft, ließ die Trümmer unter sich und landete elegant hinter der Absperrung.

Raven ballte die rechte Faust. Sie hatten es wirklich geschafft!

Und jetzt Vollgas, quer durch das Revier der Sledgehammer. Niemand stellte sich ihnen mehr in den Weg.

Unvermittelt vernahm Raven das typische Schrappen der Rotorenblätter. Dippy! Er flog dicht über ihren Fahrzeugen und winkte.

Perfektes Timing!

Zehn Minuten später hatten die Deserts und Mysticon ein verlassenes Gewerbegebiet durchquert und befanden sich nun auf einer einsamen staubigen Piste, die in Richtung Norden führte.

Raven entspannte sich ein wenig. Belana fuhr auf gleicher Höhe und er reckte lächelnd den Daumen nach oben.

Doch Belana erwiderte seine Geste nicht, sondern deutete nach hinten.

Erneut warf Raven einen Blick in den Rückspiegel. Ihm lief ein Schauder über den Rücken.

Er sah etwa zwanzig Lichter, die sich rasch auf sie zubewegten – wie Moskitos, die eine Lichtquelle entdeckt hatten.

Das mussten die Sledgehammer sein und es stand außer Zweifel, dass sie auf ihren Motorrädern schneller waren als der schwerfällige Trummer ...

GIFTIGE STACHEL

Raven stanzte das Gaspedal ins Bodenblech und jagte nach vorn zu Big T im Trummer. Mit Handzeichen gab er ihm zu verstehen, dass er anhalten solle.

Auch die anderen stoppten.

„Die Sledgehammer sind uns auf den Fersen", rief Raven.

„Verdammt!", fluchte Belana. „Reicht es denen nicht, dass sie uns besiegt und den See haben?"

„Wohl nicht", meinte Raven. „Sie wollen uns vermutlich vernichten, damit wir uns nicht irgendwann das zurückholen, was uns gehört. Hat jemand eine Idee, was wir tun können?"

„Wir sollten hier nicht rumstehen und warten, bis sie uns eingeholt haben. Lasst uns weiterfahren", knurrte Mysticon.

„Das bringt nicht viel. Die sind schneller", erwiderte Raven schroff.

„Kannst du die Kerle nicht mit deinem MG aufhalten?", fragte Zerron Mysticon.

Doch der winkte ab. „Toller Plan. Ich stelle mich denen entgegen und ihr haut ab. Nein."

Stille senkte sich über die kleine Gruppe. Schon waren die Motoren der Feinde zu hören. Die Scheinwerfer wurden immer größer und erinnerten Raven an weiße Augen, die durch die Nacht irrten.

Er blickte zu Belana, doch auch sie schien ratlos zu sein.

„Los jetzt! Und lasst mich voranfahren, ich kenne den Weg zum Tower", mahnte Mysticon und setzte sich hinters Steuer.

Big T öffnete die Tür zum Trummer – und da hatte Raven eine Idee.

Er trat an seinen Freund heran und meinte: „Bleib du mit mir hinten. Wenn die Sledgehammer ganz nah sind, lässt du ein kleines Benzinfass von der Ladefläche fallen."

„Benzin? Wir können uns nicht leisten, es zu opfern", sagte Big T eindringlich.

Raven ignorierte den Einwand. „Warte auf mein Zeichen. Den Rest überlass mir."

Über Big Ts Gesicht, das zuerst ein einziges Fragezeichen gewesen war, huschte ein Lächeln. „Okay, ich ahne, was du vorhast", sagte er nur und schwang sich hinters Lenkrad.

Mysticon war schon losgefahren. Ihm folgten Zerron, Belana und Dippy, der dicht über ihnen flog. Wie von Raven geplant, kamen am Schluss Big T und dann er selbst.

Immer wieder schaute Raven in den Rückspiegel. Die Sledgehammer holten stetig auf. Als sie nur noch etwa einhundert Meter hinter ihnen waren, fächerten sie sich auf. Offenbar wollten Snake und seine Leute den Konvoi von mehreren Seiten gleichzeitig angreifen.

Raven tippte auf die Schaltwippe und katapultierte den X-Bow nach vorn. Jetzt war er auf gleicher Höhe mit Big T.

Raven winkte ihm zu, sein Freund nickte und betätigte einen Schalter.

Das Fass rumpelte von der Ladefläche. Es rollte ein Stück und blieb schließlich auf der Piste liegen.

Raven trat auf die Bremse, und der X-Bow kam schlingernd zum Stehen.

Schnell schnappte sich Raven den Bogen und suchte einen Pfeil mit Treibsatzmunition.

Dann ging er hinter dem Wagen in Deckung und beobachtete, wie die Sledgehammer auf das Fass zurasten.

Schade um den wertvollen Sprit, dachte Raven, bevor er schoss.

Er traf mit traumwandlerischer Sicherheit. Es folgte eine heftige Explosion. Eine grellgelbe Feuersäule stieg in den schwarzen Himmel.

Dichter Rauch waberte.

Raven sprang in den X-Bow und trieb ihn zu seinen Freunden. Rasch hatte er sie eingeholt. Er linste in den Rückspiegel und sah nichts außer einer Wand aus Qualm.

Sehr gut!, dachte Raven und beschleunigte.

Sein Plan funktionierte. Im Schutz des dichten Rauches und der Dunkelheit konnten er und seine Gefährten den Sledgehammern entkommen.

Wenige Stunden später brach der nächste Tag an. Wie üblich streckte die Sonne ihre heißen Finger nach den verdorrten Darklands aus und versuchte, aus ihnen das letzte Wasser und somit das letzte Leben zu pressen.

Eine endlose Wüste breitete sich vor Raven und seinen Freunden aus, eine eintönige und sanft gewellte Landschaft mit Dünen, ausgetrockneten Wadis und Geröllansammlungen. Nirgendwo wuchs auch nur ein Halm.

Mysticon, der erneut die Führung übernommen hatte, steuerte seine Stretchlimousine über eine sandige Piste immer in Richtung Norden. Da die Straße in einem miserablen Zustand war, kamen sie nur recht langsam voran.

Am frühen Vormittag stoppte Mysticon und stieg aus. Yellow suchte sich sofort ein schattiges Plätzchen unter dem Wagen.

Die anderen hielten ebenfalls an. Alle versammelten sich neben der großen Stretchlimousine.

„Ich brauche eine Pause. Zeit fürs Frühstück", sagte Mysticon und streckte sich, dass seine Gelenke knackten. „Mag jemand einen Drink?"

Er öffnete den verglasten Kühlschrank und zog eine Flasche mit einem goldbraunen Inhalt hervor.

„Das ist doch jetzt nicht dein Ernst, oder?", fragte Raven.

Mysticon studierte das Etikett. „Ein feiner Tropfen", murmelte er dabei, schraubte den Verschluss ab, goss ein Glas voll und hielt es gegen die Sonne. „Zum Wohl. Auf uns. Auf Enya. Auf Paxtonia."

Dann trank er das Glas in einem Zug leer.

„O Mann, du bist ein Säufer, Mysticon", sagte Raven angewidert.

Langsam setzte Mysticon das Glas ab. Dann schaute er Raven an: „Du urteilst schnell, mein Lieber. Zu schnell. Und wer vorschnell urteilt, begeht Fehler." Er hockte sich auf den ewig langen Kotflügel der Limousine.

„Amen", kommentierte Raven.

„Mach dich nur über mich lustig", sagte Mysticon und stellte die Flasche zurück. „Ich feiere den Moment, ich feiere die Tatsache, dass wir aus Blackpool heil rausgekommen sind. Man kann schließlich nie wissen, ob man jemals wieder die Gelegenheit zum Feiern hat."

Raven schwieg, und für einen kurzen Moment breitete sich eine peinliche Stille aus.

Schließlich rettete Big T die Situation, indem er meinte: „Ich verhungere. Lasst uns etwas Richtiges frühstücken. Etwas Festes." Er ging zum Trummer und öffnete eine Klapptür, hinter der sich ihr Vorrat verbarg.

Kurz darauf saßen sie im Schatten des Kolosses, nippten an Wasserflaschen und aßen Dosenfleisch und Dosenbrot aus Armeebeständen, das laut Aufschrift zwanzig Jahre haltbar war und auch genauso schmeckte.

Dennoch löste sich die Stimmung allmählich – vor allem, als Rollercoaster begann, den leeren Dosen hinterherzujagen, die Big T warf. Der Pitbull flitzte hechelnd und bellend über den heißen Sand und versuchte, die Beute noch im Flug zu erwischen, was ihm sogar mehrfach gelang. Dafür gab's Beifall und Anfeuerungsrufe.

Yellow hingegen hielt sich zurück. Er blieb im Schatten und sah dem Spiel eher gelangweilt zu.

Als der Pitbull schließlich müde war und ebenfalls in den Schatten kroch, meinte Big T: „Ich finde, dass wir uns bisher gut geschlagen haben."

„Ja", stimmte Belana ihm zu. „Aber ich frage mich, wie es Hank und den anderen in Blackpool geht. Ich hoffe einfach, dass die verdammten Sledgehammer sie nicht gefunden haben ..."

Dippy schleuderte ein Steinchen in die Weite der Wüste und Rollercoaster hob sofort interessiert den Kopf.

„Hätten wir doch nur ein Handy!", meinte Dippy. „Dann könnten wir uns bei den anderen informieren. Manchmal kommt es mir so vor, als lebten wir wieder in der Steinzeit."

„Snake und Hector sind auf jeden Fall aus der Steinzeit“, meinte Big T lachend. „Die reinsten Neandertaler. Wahrscheinlich latschen die sich beim Laufen immer wieder auf die Hände.“

Raven hörten ihnen zu, wie sie redeten und lachten. Dabei kaute er auf dem seltsamen Klumpen Brot herum. Das Zeug war so trocken wie die Wüste um ihn herum. Immerhin schien es Spy zu schmecken. Mit ziemlicher Begeisterung pickte der Vogel einige Krümel aus Ravens ausgestreckter Hand.

Doch plötzlich hob Spy den Kopf und krächzte. Dann flatterte er auf das Dach des Trummers und schaute gen Süden.

Raven folgte dem Blick und glaubte, am Horizont eine Staubfahne zu sehen. Sein Herz machte einen Sprung. Wurden sie verfolgt?

Er beschattete die Augen mit der Hand. Nun war er sich nicht mehr sicher.

„Kommt mal her!“, bat er die anderen und sagte, was ihn beunruhigt hatte.

„Also, ich sehe nichts“, meinte Mysticon achselzuckend, als er neben Raven stand.

Jetzt musste Raven ihm recht geben. Der Horizont war leer.

„Vielleicht war es ja auch nur Staub, der vom Wind aufgewirbelt wurde“, sagte Dippy.

Belana spielte mit ihren Haarspitzen. „Das glaube ich auch. Wenn uns jemand verfolgen würde, müsste das doch noch zu sehen sein?“

Ja, dachte Raven. Das konnte schon stimmen. Aber das ungute Gefühl ließ ihn nicht los.

Was, wenn es doch keine Staubwolke gewesen war? Vielleicht waren es Snake und seine Leute, die da in der Ferne lauerten und nur deshalb Abstand hielten, weil sie wussten, dass die Deserts ein ganz bestimmtes Ziel hatten: Paxtonia.

Raven schluckte, während er den bösen Gedanken weiterspann. Konnte es sein, dass jemand den Sledgehammern von Paxtonia erzählt hatte?

Gab es einen Verräter unter seinen Freunden …

Nein, das konnte und wollte er sich nicht vorstellen.

Abrupt wandte Raven sich ab. „Lasst uns weiterfahren."

Stunde um Stunde kreuzten sie durch die blendend helle Weite. Als die Sonne am höchsten stand, rollte die Stretchlimousine zum Rand der Piste.

„Was ist los?", fragte Raven, nachdem er mit den anderen neben Mysticon angehalten hatte.

„Der Wagen mag nicht mehr", antwortete er.

Wie zur Bestätigung erstarb der Motor mit einem kurzen Röcheln.

„Na großartig", stöhnte Raven. „Ausgerechnet jetzt. Ausgerechnet hier."

Rollercoaster flitzte zu dem langen Auto und hob sein Bein am linken Hinterrad, als wollte er verdeutlichen, was er von einem Wagen hielt, der mitten in der Wüste seinen Geist aufgab.

„Hey, du Töle. Verschwinde", schimpfte Mysticon, aber es war zu spät.

Der Pitbull trollte sich zu Big T, nachdem er fertig war.

„Gut gemacht“, sagte der leise zu seinem Hund.

„Lasst mich mal schauen“, meinte Zerron, holte sein Werkzeug und öffnete die Motorhaube der Stretchlimousine, die so groß war, dass man eine Tischtennisplatte hätte darunter verbergen können.

Leise pfeifend begann Zerron zu schrauben. Dippy gesellte sich zu ihm.

„Nein, ich mach das schon allein“, sagte Zerron schroff zu ihm.

„He, was soll das?“, begehrte Dippy auf. „Ich verstehe auch etwas von Maschinen. Wenn nicht sogar mehr als du!“

„Quatsch, das tust du nicht. Lass mich in Ruhe meine Arbeit machen“, knurrte Zerron.

Beleidigt zog Dippy ab.

Raven, der den kurzen Streit beobachtet hatte, kam zu Zerron. „Das wäre nicht nötig gewesen, Dippy stört doch nicht“, sagte er so leise, dass Dippy ihn nicht hören konnte.

Zerron schnaufte und erwiderte ebenso leise: „Jetzt fängst du auch noch an. Dippy geht mir manchmal auf die Nerven mit seinem Geschnatter. Er mischt sich ständig ein, will überall dabei sein. Du hast mich auch weggeschickt, als ich dich bei der Jagd begleiten wollte.“

Raven ging in sich. Da hatte sein Freund recht…

„Aber du hättest es ihm anders sagen können“, meinte er.

„Jaaaa“, antwortete Zerron gedehnt. „Aber wir haben derzeit nicht die Zeit für Höflichkeiten. Jeder macht seinen Job und fertig. Und jetzt sage ich dir in aller Höflichkeit: Lass mich diese alte Scheißkarre reparieren, okay?“

Raven hob abwehrend die Hände. „Schon gut. Aber vergiss nicht, dass wir ein Team sind. Jeder braucht jeden."

„Schon klar", erwiderte Zerron.

Raven ging zurück zu den anderen.

„Kann der das?", fragte Mysticon ihn leise.

„Vielleicht", erwiderte Raven, obwohl er es besser wusste. Zerron war ein Meister darin, toten Maschinen neues Leben einzuhauchen.

Während Mysticon begann, nervös auf seiner Unterlippe zu nagen, ging Raven erneut zu seinem Freund und schaute ihm über die Schulter.

„Wie schaut es aus, Herr Doktor?"

„Na ja, die Karre ist eine Art Museum", schnaufte Zerron und fragte Mysticon: „Wie alt ist der Wagen eigentlich?"

„Älter als du garantiert", antwortete Mysticon. „Als dieser Cadillac vom Band lief, warst du vermutlich noch nicht mal geplant."

„Ganz sicher", erwiderte Zerron.

„Und, bekommt du es hin?", wollte Raven nun wissen.

„Hoffentlich. Ich glaube, dass es am Vergaser liegt."

Eine Stunde später hatte Zerron das Ding zerlegt, gereinigt und wieder zusammengesetzt.

„Da war eine Menge Sand drin", meinte er. „Damit hättest du eine Sandburg bauen können, Mysticon. Und jetzt lass mal den Motor an."

Mit gerunzelter Stirn klemmte sich Mysticon hinter das Steuer und drehte den Zündschlüssel.

Nichts.

„Komm schon", ächzte Raven.

„Noch mal!", rief Zerron.

Ein Wimmern und Jaulen, eine Art Husten, dann ein Schluckauf – die Limousine schüttelte sich wie im Fieber, spie und würgte, grummelte und brummelte, aber dann ...

„Yes!", schrie Zerron, als der Motor lief und dann sogar begann, wie ein Kätzchen zu schnurren.

Mysticon stieg aus und bedankte sich bei Zerron, der seine leicht öligen Hände an einem Tuch abwischte.

Auch die anderen gratulierten Zerron. Rollercoaster verstand zwar nicht, worum es ging, ließ sich aber von der allgemeinen Euphorie und guten Laune anstecken. Aufgeregt sprang er um die Deserts und Mysticon herum, während Yellow das Ganze mit seinem einen gelben Auge eher distanziert betrachtete.

Schließlich visierte Rollercoaster den rechten Vorderreifen von Mysticons Auto an und machte Anstalten, erneut das Bein zu heben.

„Untersteh dich, die Karre läuft doch wieder!", rief Mysticon alarmiert.

Doch der Pitbull ließ sich erneut nicht stoppen.

„Vielen Dank", knirschte Mysticon. „Nachdem auch das erledigt ist, können wir ja weiter."

Der Konvoi setzte sich wieder in Bewegung.

Bei Einbruch der Dunkelheit stoppte Mysticon am Fuß einer hohen Düne – diesmal jedoch nicht, weil er eine Panne hatte.

Er versammelte die Deserts um sich und stieg mit ihnen zum Kamm des Sandberges hinauf.

Kurz davor kniete er sich hin, deutete nach Norden und meinte: „Seht ihr die Felsen? Dort beginnt das Gebiet der Schattenländer. Direkt hinter der Grenze liegt ihre Stadt. Sie heißt Notch."

Sein ausgestreckter Zeigefinger wanderte nach links zu einem kleinen schwarzen Strich auf einem mächtigen Felsen. „Das wird einer ihrer Wächter sein. Und da vorn ist noch einer. So ein Mist! Ich hatte gehofft, dass die Schattenländer ihre Grenze nicht bewachen und wir uns irgendwie an ihnen vorbeimogeln können. Vielleicht hatten sie in letzter Zeit irgendwelchen Ärger und haben deshalb Wachen aufgestellt."

„Dann warten wir, bis es richtig dunkel ist", schlug Belana vor.

Mysticon schüttelte den Kopf. „Auch wenn die Wächter nicht viel sehen mögen in der Nacht, so sind sie ja nicht taub. Der Motorenlärm könnte uns verraten. Und jetzt kommt hier weg, ich will nicht, dass man uns entdeckt."

Mysticon stieg von der Düne hinunter und die anderen folgten ihm. Dann hockten sie in der hereinbrechenden Dämmerung zwischen ihren Fahrzeugen und dem kleinen Hubschrauber, die kreisförmig um sie herumstanden.

Wie eine Wagenburg ängstlicher Cowboys, die einen Indianerangriff befürchteten, dachte Raven und fragte Mysticon: „Was schlägst du vor?"

„Wir sollten einen möglichst weiten Bogen um das Gebiet der Schattenländer machen", antwortete er.

„Wie viel Zeit kostet uns das?", wollte Raven wissen.

„Vielleicht vier oder fünf Tage. Je nachdem, wie gut wir vorankommen."

Raven glaubte, sich verhört zu haben. „So lange? Das können wir uns nicht leisten! Dieser Umweg kostet uns viel zu viel Treibstoff, Vorräte und Zeit."

Mysticon schnaubte verächtlich. „Ich habe dir schon mal gesagt: Du urteilst zu schnell, Raven. Du bist noch jung ..."

„Behandle mich nicht wie ein Kind, verdammt noch mal!", stieß Raven hervor. Mysticons oberlehrerhafte Art ging ihm auf die Nerven.

„Ich behandle dich, wie du es verdienst", entgegnete Mysticon kühl. „Du bist naiv. Denn wenn wir, wie du es offenbar für richtig hältst, einfach in das Gebiet der Schattenländer fahren, werden sie uns angreifen."

„Wir haben Waffen, um uns zu verteidigen", konterte Raven. „Außerdem werden wir sie überraschen. Bis die ihre Kräfte gebündelt haben und bereit für einen Angriff sind, sind wir vielleicht schon durch ihr Gebiet hindurch."

„Genau", kam Belana ihm zu Hilfe. „Die Schattenländer haben ja offenbar nur diese eine Stadt Notch, die direkt hinter der Grenze liegt. Wir könnten seitlich an ihr vorbeifahren und ..."

„Red keinen Unsinn", unterbrach Mysticon sie schroff.

„Willst du mir den Mund verbieten?", zischte sie aggressiv.

Überrascht von diesem Ausbruch hob Mysticon die Hände. „Nein, schon gut ..."

„Dann versuche es erst gar nicht mehr", sagte Belana und fuhr fort: „Wenn wir an Notch vorbei sind, haben wir womöglich einen gewissen Vorsprung, bis wir die nördliche Grenze der Schattenländer überquert und deren Gebiet verlassen haben."

„Ja, vielleicht. Aber vielleicht auch nicht“, sagte Mysticon. „Ihr spielt mit eurem Leben. Und wenn ihr tot seid, werden auch eure Freunde in Blackpool sterben.“

Raven blickte ihn herausfordernd an. „Kann es sein, dass du Angst hast? Nehmen wir einmal an, dass wir auf dich hören und den großen Umweg machen. Kannst du garantieren, dass unser Sprit und die Wasservorräte reichen, um zum Tower zu kommen?“

Mysticon überlegte eine kleine Ewigkeit, bevor er leise sagte: „Nein, garantieren kann ich es nicht, auch wenn ich es für wahrscheinlich halte. Trotzdem ist der Umweg die sichere Variante“, beharrte Mysticon.

„Nicht unbedingt. Denn wenn wir unterwegs liegen bleiben, haben wir alles verloren“, entgegnete Big T.

Raven lächelte ihn dankbar an und schaute dann zu Zerron.

Er verstand den Wink mit dem Zaunpfahl und sagte: „Ich bin für Ravens Vorschlag. Wir statten dem Gebiet dieser Schattenländer einen kleinen und vor allem schnellen Besuch ab.“

Auch Belana, Big T und Dippy gaben ihr Okay.

„Dann sind wir uns also einig. Jedenfalls fast“, meinte Raven. Herausfordernd blickte er Mysticon an.

„Was ist mit dir?“, fragte er ihn.

Mysticon schaute nachdenklich zu Boden, griff in den noch warmen Sand und ließ ihn durch seine Finger rieseln.

Als er wieder aufblickte, waren seine Gesichtszüge hart. „Ihr macht vermutlich einen großen Fehler. Aber ich werde euch begleiten, denn schließlich kann ich euch ja nicht allein sterben lassen.“

Nein, das ist nicht der Grund, dachte Raven, hütete aber seine Zunge. Du willst in der Nähe des Röhrchens bleiben … Dafür nimmst du offenbar jedes Risiko in Kauf.

„Niemand stirbt", sagte Big T und schaute zu Raven. „Wann soll es denn losgehen?"

„Nach Mitternacht. Wir sollten uns jetzt ausruhen", antwortete er.

Big T stand auf. „Gut. Dann mache ich uns jetzt was Feines zu essen."

„Was gibt es denn?", fragte Dippy.

„Tja, ich muss das verwenden, was uns die Natur bietet", erwiderte Big T und grinste. „Sand mit Steinchen zum Beispiel. Vielleicht finde ich ja auch noch eine alte Schlange."

Dippy schnitt eine Grimasse. „Na dann, Mahlzeit!"

In dieser Sekunde schrie Belana auf.

Raven schaute zu ihr. Sein Blut gefror. Auf ihrem Bein saß ein großer Skorpion, den Schwanz mit dem giftigen Stachel hoch erhoben.

„Nicht bewegen!", zischte Raven.

„Das sagst du so!" Ihre Stimme bebte. Doch sie konnte sich tatsächlich beherrschen.

Das Tier begann an ihrem Hosenbein hochzusteigen, und Belanas Augen weiteten sich vor Entsetzen.

Da surrte etwas durch die Luft – es war Zerrons Bō. Mit erstaunlicher Präzision traf er mit dem langen Schlagstock den Skorpion, der in die Weiten der Wüste katapultiert wurde, bevor er den Stachel in Belanas Bein jagen konnte.

„Puh, das war knapp. Danke“, sagte sie zu Zerron.

„Gern geschehen“, sagte er lächelnd und ließ den Stab geschickt durch seine Hände wirbeln. Doch plötzlich erstarrten seine Gesichtszüge. „O nein …“

„Was denn?“

Stumm deutete Zerron auf sein Trike. Darunter kroch ein dutzend hellbrauner Schlangen hervor. Jede von ihnen war etwa anderthalb Meter lang. Prüfend zuckten ihre langen Zungen vor und zurück.

Raven sprang auf und schaute zum X-Bow. Auch dort waren diese Biester. Sie kamen auf ihn und seine Gefährten zu.

„Da sind noch mehr Skorpione“, schrie Belana und zeigte auf den Hubschrauber.

„Raus da, verdammt noch mal“, fluchte Dippy und griff zu seiner Schleuder.

Als wollten sie Dippys Aufforderung folgen, ergossen sich die Tiere aus der Sitzschale des Piloten und wuselten auf flinken Beinchen auf ihn zu.

Der feuerte eine Stahlkugel mitten in sie hinein und erwischte ein besonders stattliches Exemplar. Doch seine Artgenossen ließen sich nicht beirren. Notgedrungen flüchtete Dippy auf die nächstbeste Erhebung – und die bestand aus dem Dach des Trummers.

Mysticon sprang mit Yellow auf die Ladefläche, und die anderen folgten seinem Beispiel. Rollercoaster bellte wie verrückt.

Kurz darauf waren die Gefährten von hunderten von Schlangen und Skorpionen eingekreist. Schon begannen die ersten Skorpione, auf die Ladefläche zu klettern …

DIE NEBELNOMADEN

Gehetzt schaute Raven sich um. Zerron versuchte, die stechwütigen Biester mit dem Bō fernzuhalten. Big T fuchtelte sinnloserweise mit einem Bumerang herum, Rollercoaster bellte und tobte. Aus Dippys Augen schrie einfach nur Panik, während Belana und Mysticon ruhig blieben. Spy flatterte aufgeregt über ihren Köpfen, und abermals beneidete Raven die Krähe.

Wie konnten sie aus der Falle entkommen? Ein Sprung vom Trummer über die Viecher hinweg, ein energischer Sprint die Düne rauf? Ja, das wäre eine Möglichkeit und dann könnten sie ...

Wer war denn das? Ravens Blick blieb an der Düne hängen.

Wie aus dem Nichts waren dort fünf Reiter aufgetaucht. Ihre Kleidung bestand aus Stiefeln und langen, hemdartigen Gewändern sowie kunstvoll gewickelten Tüchern. In breiten, mit Edelsteinen besetzten Gürteln hingen Krummsäbel mit Griffen aus Elfenbein. Die Männer saßen auf stattlichen Kamelen und kamen in aller Ruhe näher. Der erste von ihnen, ein älterer Mann mit grauem Bart, hob die Hand, und er und sein Gefolge hielten an.

„Hilfe!“, schrie Dippy. Er klang schon fast hysterisch.

Der Alte zischte etwas, und Raven staunte: Die Skorpione stoppten die Attacke. Das galt auch für die Schlangen, die aufhörten, den Trummer zu umkreisen. Sie rollten sich zusammen und schauten zu den Männern, die nun von den Kamelen stiegen und furchtlos näher traten.

„Die wissen genau, dass die Viecher ihnen nichts tun“, sagte Raven zu Belana.

„Ja, die Schlangen und Skorpione scheinen ihnen zu gehorchen“, erwiderte sie leise. „Das ist wirklich unglaublich ...“

Der Anführer der Kamelreiter war jetzt nur noch wenige Meter von Raven und den anderen entfernt und richtete seine stahlblauen Augen auf sie. Während er das tat, schlängelte eine Viper aus dem Kragen seiner Kleidung und floss um seinen Hals wie ein goldenes Band.

Raven rieselte ein eiskalter Schauer den Rücken hinunter.

Erneut gab der Bärtige einen Zischlaut von sich, der diesmal jedoch höher und länger war als der erste – und wieder reagierten die Tiere zu seinen Füßen: Schlangen und Skorpione zogen sich zurück und verschwanden in der Wüste.

„Ich hoffe, unsere Tierchen haben euch nicht erschreckt. Aber wir müssen nun einmal wissen, wer sich in unserem Gebiet herumtreibt, und wollten nicht, dass ihr in euren Fahrzeugen einfach abhaut. Daher haben wir dafür gesorgt, dass genau dies nicht passiert. Und nun hätten wir gerne gewusst, wer ihr seid", sagte der Bärtige und schaute zu Mysticon. Offenbar hielt er ihn für den Anführer der Deserts.

Mysticon öffnete schon den Mund, um etwas zu erwidern, doch Raven war schneller. Er nannte ihre Namen und sagte, dass sie aus Blackpool stammten. Dann sprang er mit seinen Gefährten vom Trummer und fragte mit fester Stimme: „Und mit wem haben wir die Ehre?"

Der Bärtige deutete ein Lächeln an. „Ich bin Akif, Sohn des Qazim, Herr der Nebelnomaden. Und das ist ein Teil meiner Krieger."

„Nebelnomaden?", fragte Raven nach.

Akif sah ihn hochmütig an. „Du bist nicht oft in der Wüste, oder?"

Raven verneinte.

„Wir folgen dem Tau und den Wolken und haben eine Technik entwickelt, wie wir Wasser aus Nebel gewinnen“, erklärte der Anführer der Nomaden. „Wir zapfen ihn an.“

„Wie funktioniert das?“, wollte Dippy sofort wissen.

Akif lachte heiser. „Das werden wir euch sicher nicht verraten. Diese Technik haben unsere Ahnen vor hunderten von Jahren entwickelt. Sie garantiert seit Generationen unser Überleben in einer Welt, in der Wasser schon immer äußerst knapp war.“

Die Schlange um seinen Hals glitt hoch zu seinem linken Ohr und riss das Maul auf, als wolle sie sich darin verbeißen. Doch sie wiegte ihren Kopf nur hin und her und züngelte.

„Aber nun sagt uns: Was habt ihr vor, wo wollt ihr hin?“, fragte der Nomade.

Raven wechselte einen schnellen Blick mit Belana. Dann meinte er: „Wir sind auf dem Weg zum Tower.“

„Tower? Nie gehört“, sagte Akif.

Schade, dachte Raven. Wenn dieser Akif und sein schweigsames Gefolge den Tower gekannt hätten, wären er und seine Freunde vielleicht nicht mehr auf Mysticon angewiesen gewesen. Er blickte zu ihm. Mysticons Gesicht war eine ausdruckslose Maske.

„Aber ihr wollt nicht etwa durch das Gebiet der Schattenländer?“, forschte der Nebelnomade nach.

Raven nickte. „Doch.“

„Dann seid ihr so gut wie tot“, bemerkte Akif trocken.

„Sag ich doch. Das ist viel zu gefährlich“, mischte sich jetzt Mysticon ein. „Wir sollten lieber das Gebiet der Schattenländer meiden und einen Umweg machen.“

Raven ließ sich nicht beirren. „Wir haben einen Plan, wir wollen es nachts versuchen."

Mysticon schnaufte verächtlich.

Auch Akif schien wenig beeindruckt: „Die Schattenländer sind äußerst wachsam. Es spielt keine Rolle, wann ihr es versucht. Sie werden euch entdecken und töten."

Raven spürte, wie Mysticon zu ihm sah. Er erwiderte den Blick nicht, hätte aber gewettet, dass ein selbstherrliches Lächeln dessen Lippen kräuselte.

„Doch es gibt eine andere Möglichkeit", sagte der Nomade nun.

„Natürlich, wir machen einen weiten Bogen um das Gebiet", sagte Mysticon schnell.

„Nicht nötig", meinte Akif. „Es gibt einen geheimen Weg. Er führt durch eine abgelegene Schlucht, die von den Schattenländern nicht bewacht wird", sagte der Anführer der Nebelnomaden.

Ravens Herz schlug schneller. „Könnt ihr uns diesen Weg zeigen?"

„Selbstverständlich", lautete die Antwort.

„Wann? "

„Jederzeit theoretisch."

Raven fasste Hoffnung. Gerade hatte er noch geglaubt, dass sein schöner Plan nicht funktionierte, und jetzt das!

Belana lächelte ihn an, Big T grinste von einem Ohr zum anderen. Dippy und Zerron wirkten einfach nur erleichtert. Einzig Mysticon zeigte nach wie vor kaum eine Regung.

Doch dann folgte die Ernüchterung. „Alles hat natürlich seinen Preis", meinte Akif obenhin. Seine Lippen berührten das goldene Schuppenkleid der Viper. „Vor allem die Wahrheit."

Ravens Augen wurden schmal. „Wie meinst du das?“

„Die Wahrheit ist, dass ihr uns braucht. Ohne unsere Hilfe werden eure Knochen bald in der Sonne bleichen.“

Aha, daher wehte der Wind, dachte Raven. „Was wollt ihr?“

Da bemerkte er, dass Akifs Augen auf seinem Bogen ruhten.

Niemals!, dachte er.

Die Augen des Nomaden wanderten weiter und blieben beim Trummer hängen.

„Ihr habt anscheinend eine ganz schöne Menge Wasser dabei, oder?“, fragte Akif mit einem gewissen Lauern.

„Ja.“

„Gebt uns zweihundert Liter. Dann zeigen wir euch den Weg.“

Raven erschrak. So viel? Das war fast die Hälfte ihrer Vorräte …

Bevor er etwas antworten konnte, rief Mysticon: „Auf keinen Fall! Wir brauchen das Wasser selbst und können es uns nicht leisten, etwas davon abzugeben. Schon gar nicht eine solche Menge.“

Raven ärgerte sich über die aus seiner Sicht unbedachte Äußerung. „Aber wenn wir deinem Vorschlag folgen und einen Umweg machen, brauchen wir mehr Zeit – und auch mehr Wasser.“

„Da hat er recht“, sagte Akif. Seine Schlange verschwand gerade hinten im offenen Kragen seiner Kleidung.

„Mich wundert es nicht, dass du das sagst“, meinte Mysticon mit unüberhörbarer Schärfe zu Akif. „Denn du willst unser Wasser.“

Akifs Mundwinkel zuckten in milder Belustigung, während seine rechte Hand zum Knauf des Krummschwertes wanderte. „Wir könnten uns euer Wasser auch anders holen – ohne Gegenleistung.“

„Versucht es nur“, forderte Mysticon die Nebelnomaden heraus und schielte zu seiner Stretchlimousine mit dem Geschütz – so, als würde er die Zeit abschätzen, die er brauchte, bis er bei seinem Maschinengewehr war.

Akifs Antwort war ein Zischen. Es dauerte keine Minute, bis von allen Seiten Schlangen und Skorpione aufkreuzten, die einen Ring um die Gefährten bildeten und dort verharrten. Sie schienen auf das nächste Kommando zu warten.

Raven hob abwehrend die Hände. „Schon gut. Schon gut. Einhundert Liter.“

Akif zog die Augenbrauen hoch. „Wir sind hier nicht auf einem Basar, mein Freund.“

„Okay, einhundertzwanzig.“

„Pass auf, wenn ich zweihundert Liter sage, dann meine ich auch zweihundert“, lautete die schroffe Antwort.

Raven stöhnte leise auf. Er schaute erneut zu Belana und dann zu den anderen Deserts. Sie nickten ihm zu – ein stummes Zeichen des Einverständnisses.

„Also gut“, sagte Raven.

„Du Narr!“, schalt Mysticon ihn.

Raven achtete nicht auf ihn und fragte den Anführer der Nomaden: „Wann geht es los?“

„Im Morgengrauen“, erwiderte Akif. Die Viper tauchte jetzt im weiten Ärmel des Nomaden auf und wickelte sich um Akifs linken Unterarm.

Er wandte sich ab und bestieg sein Kamel. Seine nach wie vor stummen Begleiter folgten ihm. Sie ritten grußlos davon.

„Na großartig“, grollte Mysticon. „Das kommt uns teuer zu stehen. Du hast ihn noch nicht einmal runtergehandelt.“

„Ich habe es probiert, aber das ging nicht, wie du gesehen hast.“

„Vielleicht wäre es gegangen, wenn dieser Akif nicht genau gemerkt hätte, dass du bereit warst, fast jeden Preis zu bezahlen“, bemerkte Mysticon spitz.

Raven wollte nicht diskutieren, nicht streiten, nicht mehr darüber reden. Er hatte eine Entscheidung getroffen und seine Freunde hatten sie gutgeheißen. Was kümmerte ihn Mysticon?

„He, Chefkoch“, wandte er sich an Big T. „Wann gibt es etwas zu essen?“

„Ich kümmere mich darum“, erwiderte Big T. „Aber die Küche bleibt kalt, denn wir können es nicht riskieren, ein Feuer zu machen, oder? Die Schattenländer könnten den Lichtschein sehen.“

Raven wägte das Risiko ab. Auch wenn die hohe Düne zwischen ihnen und der Grenze war, bestand die Gefahr, dass ein aufmerksamer Wächter oder Späher etwas bemerkte. „Richtig, kein Feuer“, entschied er.

Es wurde erwartungsgemäß kein Festmahl, aber sie wurden alle satt. Die Deserts fieberten dem nächsten Morgen entgegen. Nur Mysticon saß schmollend in seinem Auto und kippte eine braune Flüssigkeit in sich hinein.

Später legten sie sich schlafen, jeder in oder zumindest bei seinem Fahrzeug. Nur Mysticons Stretchlimousine bot etwas Schlafkomfort. Der Wolf lag unter dem Auto.

Dippy hing in seinem Schalensitz und hatte sich festgeschnallt, damit er nicht vornüberkippte. Aus dem Trummer erklang Big Ts Schnarchen. Zerron lag wie Raven auf einer Decke und war bereits eingeschlafen.

Nur Belana war nicht zu sehen. Raven vermutete, dass sie es sich bei ihrem Bike, das schräg hinter dem Trummer stand, irgendwie gemütlich gemacht hatte.

Er drehte sich auf den Rücken, holte das Foto mit seinem Vater, Enya und ihm selbst hervor und betrachtete es im Schein des Mondes. Auch wenn er so gut wie nichts erkennen konnte, war es ein gutes Gefühl. Dann verstaute er es wieder in der Brusttasche und schaute in den Himmel. Ein Schatten flog vorbei und Raven glaubte, dass es Spy war, der eine nächtliche Runde drehte. Sonst war es absolut still. Raven genoss es, fand es aber auch ein wenig unheimlich.

„Hey", erklang plötzlich Belanas Stimme.

Er schreckte hoch und sah ihre schlanke Gestalt, die sich wie ein Schattenriss vor dem Nachthimmel abhob.

„Darf ich?", fragte sie und deutete auf Ravens Decke.

„Sicher", erwiderte er eilig und rückte an den Rand, damit sie Platz hatte.

Schon lag sie neben ihm und blickte wie er zu den Sternen.

„Hast du Angst?", fragte er sie.

„Wovor?"

„Vor der Nacht. Vor dieser Ruhe. Es ist so still wie in einem Grab."

„Nein", sagte sie. „‚Wir lieben die Sterne zu sehr, um uns vor der Nacht zu fürchten.'"

Er lächelte. „Das klingt schön. Ist das von dir?"

„Nein", gab sie zu. „Das habe ich in einem Buch aus der alten Bibliothek gelesen, in einer Sammlung von Zitaten. Der Satz stammt von John Alfred Brashear. Er war ein amerikanischer Fabrikant und hat astronomische Instrumente hergestellt. Er muss die Sterne geliebt haben."

„Ja, vermutlich", sagte Raven leise. Er lag so dicht bei ihr, dass sich ihre Hände fast berührten. „Kennst du noch einen Spruch?"

„Lass mich nachdenken", erwiderte sie.

Sekunden tröpfelten, bevor Belana sagte: „‚Wer unterwegs zu den Sternen ist, hat die ganze Welt hinter sich.' Ist von Ernst Ferstl, einem Dichter."

„Hm, ich will noch nicht zu den Sternen. Ich will … leben."

Belana drehte sich auf die Seite und schaute ihn an. Ihre Lippen waren nur wenige Zentimeter von seinem Gesicht entfernt.

„Paxtonia", flüsterte sie. „Wir müssen es einfach schaffen. Dann werden wir richtig leben und nicht im Dreck wie in Blackpool, umgeben von Feinden. Kein Hass mehr, kein Misstrauen, keine Kriege."

Ja, dachte er. Leben … Vielleicht mit Belana zusammen. Mit einem Mal wünschte er sich nichts lieber als genau das. Das Gefühl traf ihn mit voller Wucht und er spielte mit dem Gedanken, sie in die Arme zu nehmen.

Doch da drehte sich Belana wieder auf den Rücken. „Lass uns versuchen zu schlafen", sagte sie. „Wir müssen morgen fit sein."

Leider wahr, dachte er. Noch einmal schaute er zu den Sternen. Dann schloss auch er die Augen.

Der alte böse Traum kam wie so oft auf leisen Sohlen, er schlich sich in Ravens Gehirn und machte sich dort breit. Er ließ seinen schwarzen Vorhang fallen und verdeckte die Sonne. Legte Eis auf alles Warme und erfror es. Bleichte die Farben, bis sie ergrauten. Fand das letzte Licht und löschte es. Suchte zarte Erinnerungen und ließ sie verblassen.

Und er schuf die Welle, diese schwarze Wand aus tausend Tonnen Wasser, die sich vor dem Kind aufbäumte, um es zu verschlingen und in sein kaltes Reich zu ziehen.

Raven schrie auf, als die Todeswelle über ihm brach.

„Psst, ganz ruhig“, drang eine Stimme zu ihm vor. „Es ist nur ein Traum, Raven, nur ein Traum.“

Langsam tauchte er aus dem Grauen auf.

Belana, der Himmel, die Sterne.

Raven war erleichtert und schüttelte sich. Ihn fröstelte.

Da kuschelte Belana sich an ihn und strich ihm über die Stirn. „Schlaf jetzt“, sagte sie sanft.

Belanas warmer Körper an seinem verjagte die Kälte und sorgte dafür, dass er einnickte. Der böse Traum ließ ihn in Ruhe, wenigstens in dieser Nacht. Doch er hatte sich wohl nur hinter den schwarzen Vorhang zurückgezogen und wartete auf den nächsten Auftritt.

Bei Tagesanbruch ritten Akif und seine stummen Begleiter auf ihren Kamelen heran. Sie hatten zwei weitere Tiere dabei, die für den Transport des Wassers bestimmt waren, wie Akif erklärte.

„Ich will es kosten“, sagte er zu Raven.

„Das Wasser?“

„Was sonst?“

Achselzuckend führten Raven und seine Freunde den Nomaden zum Trummer. Raven zapfte einen Becher ab und reichte ihn Akif.

Der trank mit geschlossenen Augen.

„Na ja“, meinte er und spuckte einen Teil in den Sand. „Schmeckt nach Kanister und etwas abgestanden.“

„Was soll das?“, brauste Belana auf. „Das ist doch hier keine Weinprobe.“

„Richtig“, stimmte Mysticon ihr zu. „Dafür müssten wir vielleicht zu meinem Wagen gehen.“

„Mir scheint, dass du eine Menge Temperament hast“, sagte Akif ganz ruhig zu Belana. „Aber es gibt hunderte von Geschmacksrichtungen bei Wasser. Erdig, salzig oder moorig. Manches schmeckt nach Eisen, anderes nach Schwefel. Euer Wasser ist geschmacklich nicht viel wert.“

„Ich gehe davon aus, dass du dennoch zu deinem Wort stehst und uns den geheimen Weg durch das Reich der Schattenländer zeigst“, erwiderte Raven.

Akif lächelte unbestimmt. „Natürlich.“

Also füllten Big T und Zerron die zugesagten zweihundert Liter in Kanister um, die sie von den Nebelnomaden bekamen.

Raven beobachtete Akif und seine Männer, aber auch Mysticon.

Der lehnte mit verschränkten Armen an seiner Stretchlimousine, Yellow zu seinen Füßen, und sah zu, wie das wertvolle Wasser den Besitzer wechselte. Kaum merklich schüttelte er den Kopf.

„Gut“, sagte Akif schließlich und gab zwei seiner Leute ein Zeichen. Sie stiegen auf ihre Kamele, zogen die Lasttiere mit den vollen Kanistern hinter sich her und verschwanden schaukelnd in der Wüste.

„Großartig“, höhnte Mysticon. „Ich hoffe, das war es noch nicht.“

Akif drehte sich zu ihm um und meinte: „Du scheinst uns nicht zu trauen.“

„Gut erkannt.“

„Es ist mir egal, was du denkst“, sagte Akif. „Denn es spielt keine Rolle. Deine Meinung ist so wichtig wie ein einzelnes Sandkorn in der Wüste.“

Er schaute zu Raven. „Seid ihr bereit?“

„Sicher.“

„Dann los.“

Akif und die anderen beiden Nomaden ritten voran. Die Deserts und Mysticon folgten ihnen entlang der großen Düne.

Nach einer halben Stunde erreichten sie eine Senke zwischen den Dünen, die wie eine Furt im Sandmeer wirkte. Dahinter öffnete sich ein breites Wadi. Es war gut drei Meter tief, sodass die Fahrzeuge und die Reiter darin verschwanden. Dippy flog knapp über dem Boden, und Raven war überzeugt, dass die Wächter der Schattenländer sie unmöglich sehen konnten.

Im Schritttempo tuckerte er am Ende des kleinen Zuges, spähte in alle Richtungen und behielt dabei auch das Gelände hinter ihnen im Auge, indem er immer wieder in den Rückspiegel schaute. Wie eine hässlich gezackte Narbe zog sich das Wadi durch die Haut der Erde.

Nach einigen Kilometern machte das Wadi einen weiten Bogen nach Norden. Nun tauchten vor ihnen hohe Felsen auf.

Akif steuerte auf einen Spalt zu, der gerade breit genug war, dass auch der Trummer hindurchpasste.

„Diese Schlucht ist etwa zehn Kilometer lang“, sagte der Anführer der Nomaden. „Durch sie führt ein alter Hirtenpfad, der von den Schattenländern nicht benutzt wird. Tierzucht interessiert sie nicht. Zudem liegt die Schlucht weit abseits von Notch. Niemand wird euch bemerken oder gar aufhalten.“

„Danke“, sagte Raven, der froh war, dass man sich auf Akif offenbar doch verlassen konnte. Aber er war alles andere als entspannt oder beruhigt. Schließlich waren sie nur am Eingang der Schlucht, doch durchquert hatten sie diese noch lange nicht.

Akif lächelte wieder auf seine seltsame Art. Dann schnalzte er seinem Kamel zu und ritt mit den beiden anderen Nebelnomaden zurück in das Wadi. Er hob noch nicht einmal die Hand zum Abschied.

Raven schaute ihnen kurz nach, bevor er den Blick wieder nach vorn richtete.

Er atmete einmal tief ein und aus und ließ Spy aus dem X-Bow flattern. Die kluge Krähe schoss in die Höhe, bis sie den Rand der etwa fünfzig Meter hohen Felsen erreicht hatte.

Dann fuhr Raven als Erster in die schattige Schlucht.

DIE SCHLUCHT

Kurz nach dem Eingang weitete sich der Canyon, sodass die Gefährten ohne Weiteres nebeneinander fahren beziehungsweise fliegen konnten.

Der Untergrund war überall eben und daher gut befahrbar. Dennoch gaben sie wenig Gas, sie tasteten sich förmlich durch die Schlucht. Deren Wände ragten rechts und links steil auf. Nirgendwo regte sich Leben.

Raven achtete darauf, im Schatten zu bleiben. Trotzdem heizte sich der X-Bow schnell auf.

Nach vier Kilometern bemerkte Raven einen kleinen schwarzen Punkt am Himmel, der förmlich auf ihn zuschoss.

Spy!

Doch der Vogel war nicht allein, wie Raven entsetzt feststellte. Hinter ihm flogen mehrere Geier mit einer Flügelspannweite von über zwei Metern, die die Krähe jagten.

Geier?

Das mussten die Viecher der Schattenländer sein, ahnte Raven. Hatte man sie doch bereits entdeckt oder hatten die Nebelnomaden sie in eine Falle geschickt?

Raven stoppte, sprang aus dem Wagen, riss den Bogen an sich.

Jetzt ließ sich einer der Geier wie ein Stein fallen und war plötzlich unter der Krähe. Nun war Spy eingekreist. Der Greifvogel, der unter ihm war, hackte mit dem Schnabel nach ihm und ein anderer, der sich oberhalb von Spy befand, öffnete seine scharfen Krallen, um ihn zu packen. Federn flogen, aber Spy konnte sich mit einem halsbrecherischen Manöver retten. Doch schon griffen die Geier mit ihren kahlen dunkelroten Köpfen wieder an. Ein entsetzliches Geschrei und Gezeter hallte durch die Schlucht.

Belana und die anderen hielten an und sprangen aus den Fahrzeugen. Raven hatte jedoch nur Augen für seinen treuen gefiederten Freund, der gleich tot sein würde, wenn er nicht ganz schnell etwas unternahm.

Er wählte einen leichten und kurzen Pfeil, zielte sorgfältig ... und schoss.

Der Pfeil holte einen der Geier vom blassen Himmel, und seine Artgenossen stiegen kreischend auf.

Spy flatterte zu Raven und landete auf dessen ausgestrecktem Arm.

Vorsichtig nahm Raven ihn in beide Hände. Dabei spürte er, wie das kleine Herz des Vogels pumpte.

„Na großartig", sagte Mysticon und deutete nach oben.

Die Geier kreisten über ihnen und machten weiter ein Mordstheater.

Raven schluckte. Die Schattenländer würden sich sicher fragen, was die Mistviecher so in Aufregung versetzte ...

„Schnell, weiter!", sagte er.

„Nein, wir sollten besser umdrehen", widersprach Mysticon.

Raven zögerte einen Moment. Doch da tauchten hinter ihnen plötzlich mehrere schwarze Leichenwagen auf. Die Schattenländer! Der Rückweg war versperrt.

„Vollgas!", schrie Raven und setzte sich hinter das Steuer. Spy flog aufs Armaturenbrett.

Mit durchdrehenden Reifen schoss der X-Bow vorwärts. Auch die anderen sprangen in die Fahrzeuge.

Fächerförmig fuhren sie durch die Schlucht, die etwa hundert Meter breit war.

Plötzlich schlugen wenige Meter vor Raven zwei Felsbrocken ein. In letzter Sekunde riss Raven das Steuer nach links. Der Wagen stand jetzt auf den linken beiden Rädern und jagte zwischen den Hindernissen hindurch.

Raven brachte den Wagen wieder in die Waagerechte und schaute nach oben zum Rand der Felsen. Dort standen Gestalten mit langen Stangen, die weitere Steine in die Schlucht kippten!

Der Boden erbebte wie bei einem Bombardement. Immer wieder mussten die Gefährten ausweichen. Dabei verloren sie deutlich an Tempo und die Schattenländer holten auf.

Mysticon ließ sein Maschinengewehr sprechen, doch seine Kugeln prallten an den Autos der Feinde ab. Offenbar waren sie gepanzert.

Schon war einer der Leichenwagen auf Ravens Höhe. Eine Scheibe glitt herunter, eine Armbrust wurde sichtbar und ein Bolzen abgefeuert. Er knallte in die Seitenscheibe und blieb dort stecken. Die Spitze des Bolzens war nur etwa zwanzig Zentimeter von Ravens Kopf entfernt.

Den packte eine unendliche Wut – vor allem auf die Nebelnomaden, die sie bestimmt verraten und dafür womöglich noch mal zweihundert Liter Wasser verlangt hatten.

Raven drückte den Knopf am Armaturenbrett und aktivierte die Messer in den Felgen. Bevor der nächste Bolzen flog, waren die Reifen des Leichenwagens zerfetzt. Der Fahrer bremste so abrupt, dass der nachfolgende Schattenländer nicht mehr ausweichen konnte und ihm ins Heck krachte. Die Autos drehten sich umeinander wie in einem ungeschickt vorgetragenen Ballett, bevor sie sich überschlugen.

Jetzt nahmen gleich vier Feinde den mächtigen Trummer in die Zange. Big T zog das Steuer ruckartig nach rechts und drängte einen der Gegner gegen die Wand der Schlucht. Funkensprühend wurde die Karosse zusammengefaltet. Die beiden Autos links von ihm checkte er gegen einen der Steinbrocken. Es gab eine heftige Explosion, als die Wagen in Flammen aufgingen.

Belana jagte durch die Flammenwand und war auf gleicher Höhe mit Raven.

Aus dessen Windschatten tauchte nun ein weiterer Feind auf und setzte sich erst vor Raven, dann vor Belana. Der Schattenländer am Steuer trat auf die Bremse, um Belana auffahren und stürzen zu lassen.

Doch die riss den Lenker hoch, sodass ihr Vorderrad in der Luft stand, und raste mit ihrer Maschine gezielt über einen größeren und leicht schräg stehenden Stein, der wie eine Sprungschanze wirkte. Belana flog auf ihrer Maschine ein Stück durch die Luft und landete auf dem Dach des Leichenwagens. Durch das Gewicht des Bikes wurde es eingedrückt. Das Auto der Schattenländer geriet außer Kontrolle und raste auf die Felswand zu.

Nein!, dachte Raven entsetzt.

In diesem Moment gab Belana erneut Gas und sprang auf ihrer Maschine von dem Wagen. Erneut flog sie ein Stück durch die Luft und landete sicher auf der Piste, während das Auto an der Wand zerschellte.

Raven atmete auf und bemerkte Dippy, der direkt über ihm war. Sein Freund hatte die Steuerknüppel arretiert und war daher in der Lage, seine Stahlkugeln zu verschießen, die jedoch wegen der Panzerung kaum Wirkung erzielten.

Ihre Gegner gaben nicht auf, Wagen auf Wagen folgte.

Raven ließ sie herankommen und drückte einen anderen Knopf im X-Bow: Mehrere Wurfanker mit Eisenketten fielen heraus. Zwei Autos der Verfolger konnten nicht ausweichen und fuhren darüber. Die Anker wickelten sich mit ihren Ketten um die Achsen und rissen sie ab. Die Leichenwagen pflügten durch den Staub, verkeilten sich ineinander und endeten als ein Knäuel aus Blech.

Jetzt näherte sich ein Cabrio, in dem drei Krieger in ihren Kutten saßen, einer am Steuer, zwei auf der Rückbank. Sie fuhren dicht an den Trummer heran. Bei voller Fahrt gelang es den beiden Typen auf der Rückbank, den Trummer zu entern. Einer kletterte nach vorn zum Führerhaus, der andere schoss seine widerlich dicken Bolzen von der Ladefläche auf Mysticon und Zerron, die aber zunächst abprallten, ohne Schaden anzurichten.

Alarmiert sah Raven, wie der andere Feind auf dem Führerhaus kauerte und mit seiner Armbrust senkrecht nach unten zielte. Offenbar wollte er durch das Dach auf Big T schießen.

Raven überkam Panik. Wenn er doch nur den Bogen einsetzen könnte, um seinen Freund zu retten!

In diesem Moment hämmerte das Maschinengewehr los.

Nein!, dachte Raven. Was wäre, wenn die Geschosse den Tank auf der Ladefläche zerfetzten? Der Trummer würde sich in einen Feuerball verwandeln!

Mysticons Kugeln fegten jedoch knapp über das Fahrzeug hinweg und zwangen die beiden Feinde, sich auf den Bauch zu werfen. Als der Trummer über eine Bodenwelle rumpelte, verlor der Kerl auf dem Dach den Halt und rutschte schreiend hinunter.

Der Schattenländer auf der Ladefläche fasste sich ans Bein, und Raven sah, dass dort eines von Belanas Wurfmessern steckte. Der Kerl schleppte sich zum Rand des Trummers und ließ sich kopfüber in das Cabrio fallen.

Zerron donnerte auf seinem Trike heran und wollte den Wagen der Feinde gegen den Trummer drücken. Doch der verletzte Schattenländer traf mit einem Bolzen den Hinterreifen des Trikes. Es gab einen heftigen Schlag, als er platzte.

Entsetzt musste Raven mit ansehen, wie sich Zerron überschlug. Das Trike blieb auf dem Dach liegen.

Raven jagte hin, um seinem Freund zu helfen. Auch die anderen Deserts und Mysticon kamen. Doch sie waren alle ein gutes Stück entfernt.

Raven sah, wie Zerron aus dem Fahrzeug krabbelte, den Bō schlagbereit gehoben. Neben ihm bremsten drei Leichenwagen. Sechs Schattenländer sprangen heraus. Die Kapuzen hingen ihnen tief in die Gesichter und machten sie unkenntlich. Jetzt umringten die Angreifer Zerron.

Der wirbelte um die eigene Achse und ließ den Schlagstock mit fürchterlicher Wucht kreisen. Drei der Angreifer fällte Zerron förmlich, als er auf deren Knie zielte. Den vierten setzte er mit einem Stoß gegen die Brust außer Gefecht. Der fünfte schoss einen Bolzen, den Zerron mit einer blitzschnellen Bewegung abwehrte.

Der Stock sauste auf die Hand mit der Armbrust nieder und ein Schrei erklang. Doch in Zerrons Rücken näherte sich der letzte noch verbliebene Angreifer, und bevor Raven oder einer der anderen eingreifen konnte, hatte der Schattenländer die Waffe auf Zerrons Kopf gerichtet und schrie: „Lass den Stock fallen!“

Zerron musste gehorchen, während weitere Leichenwagen auf seiner Höhe stoppten.

Doch sie trauten sich offenbar nicht, mit ihren Armbrüsten zu schießen, weil Mysticons Maschinengewehr auf sie gerichtet war.

Raven kletterte aus dem X-Bow und nahm den Bogen.

Da schrie der Kerl, der Zerron bedrohte: „Wenn euer Freund überleben soll, lasst ihr eure Waffen ebenfalls fallen! Und du“, er deutete auf Mysticon, „kommst aus der langen Karre und nimmst die Hände hoch.“

Raven legte den Bogen zurück.

„Nein, tu das nicht!“, rief Mysticon, der in der Stretchlimousine geblieben war, die rechte Hand am Feuerknopf. „Ich schieße uns den Weg frei und wir setzen unsere Flucht fort.“

Raven war fassungslos. „Und was ist mit Zerron? Er wird sterben!“

Mysticons Gesichtszüge waren hart wie Granit. „Du musst dich entscheiden, was dir wichtiger ist, Raven: Er oder unsere Mission. Wenn wir uns ergeben, ist alles vorbei. Denk an deine Freunde in Blackpool. Du bist ihre einzige Hoffnung!“

IN DER FELSENSTADT

Ravens Magen krampfte sich zusammen. Er sah Hank und die anderen in dem kahlen lichtlosen Bunker, in dem sie sich verkrochen hatten und auf ihn warteten, während ihre Vorräte langsam, aber sicher zur Neige gingen. Aber er sah auch Zerron, der nur wenige Meter vor ihm stand, die Armbrust des verhüllten Schattenländers am Kopf. Zerron wirkte erstaunlich ruhig und gefasst.

Ganz langsam legte Raven die Waffe auf den Boden. Belana, Big T und Dippy folgten seinem Beispiel.

„So ist es brav", kommentierte der Schattenländer, der Zerron bedrohte.

„Ihr Idioten!", brüllte Mysticon. „Jetzt ist unser Schicksal besiegelt. Wir werden alle sterben!"

„Ich lasse niemanden im Stich", erwiderte Raven wütend.

„Deine Freunde in Blackpool sind so gut wie tot, Raven. Die lässt du im Stich."

„Red keinen Unsinn!", rief Belana.

„Was weißt denn du?", herrschte Mysticon sie an. „Du bist blind vor Liebe für Raven. Du machst immer das, was er will. Ich nehme dich nicht ernst."

Aus Belanas Augen schossen Blitze. „Halt den Mund, alter Mann", zischte sie.

„Komm aus dem Wagen raus, mit erhobenen Händen!", schrien die Schattenländer jetzt Mysticon an. Mindestens zehn gespannte Armbrüste waren auf ihn gerichtet.

Nur widerwillig folgte Mysticon dem Befehl und nahm die Arme hoch. Yellow blieb jedoch im Wagen.

Man trieb die Freunde zusammen und entwaffnete sie. Dann wurden ihre Hände hinter dem Rücken gefesselt.

„Was habt ihr mit uns vor?“, fragte Raven.

Die Antwort war ein Schlag an seinen Hinterkopf, der ihn in den Staub schickte. „Habe ich dir erlaubt zu reden?“

„Verdammter Feigling“, rief Belana wütend.

Raven rappelte sich auf, was mit den gefesselten Händen gar nicht so einfach war.

Er sah, wie sich der Schattenländer, der ihn zu Boden geschlagen hatte, mit geballten Fäusten vor Belana aufbaute.

„Lass sie in Ruhe!“, forderte er verzweifelt, doch niemand achtete auf ihn.

Trotzig schaute Belana den Mann an.

Er lächelte böse und schlug ihr unvermittelt ins Gesicht.

Belana taumelte nach hinten und wäre fast ebenfalls gestürzt. Doch sie fiel nicht, sie ging nicht vor dem Schattenländer in die Knie. Sie weinte auch nicht, sondern starrte den Schläger unverwandt an, während ihr das Blut aus der aufgeplatzten Oberlippe lief.

„Feigling“, wiederholte sie.

Schon hob der Kerl die Hand für einen zweiten Schlag.

Raven wurde so wütend, dass er diesen Typen am liebsten in der Luft zerfetzt hätte, doch er wurde von zwei Schattenländern festgehalten.

„Da siehst du, was du angerichtet hast“, sagte Mysticon leise und klang dabei müde. „Sie werden uns töten.“

Der Schläger schaute Belana in die Augen. „Was hast du gesagt?“

„Hör auf!“, bremste ihn in diesem Moment ein anderer der Schattenländer. „Wir haben es eilig. Verprügeln kannst du sie später auch noch.“

Wortlos wandte sich der Schläger von Belana ab. Dann gab er ein paar Kommandos.

Die Gefährten wurden auf zwei Leichenwagen verteilt. Raven saß mit Belana und Zerron in dem einen Fahrzeug, Dippy, Mysticon und Big T in dem anderen. Rollercoaster war bei Big T, doch Yellow war nicht zu sehen.

Hatte sich der Wolf aus dem Staub gemacht?, überlegte Raven. Und wo war eigentlich Spy? Auch die Krähe konnte Raven nirgends entdecken.

Ihre Waffen wurden eingesammelt und verstaut. Dann kletterten einige der Schattenländer in die Fahrzeuge der Gefährten und starteten sie. Einer der Kerle war sogar in der Lage, Dippys Hubschrauber zu steuern.

Dann begann die Fahrt nach Notch.

Raven schaute zu Belana, die direkt neben ihm auf der Rückbank saß. Ihr Gesicht war voller Dreck und Blut. Trotzdem saß sie kerzengerade da. Er bewunderte ihre Stärke und ihren Willen.

Gleichzeitig machte er sich große Vorwürfe. Nur wegen ihm waren sie in dieser Lage. Vielleicht hätte er doch auf Mysticon hören sollen … Ob es möglich gewesen wäre, die Schattenländer zu besiegen, ohne Zerrons Leben zu gefährden?

Nein. Zerron wäre sicher gestorben. Die gespannte Armbrust war schließlich nur wenige Zentimeter von seinem Freund entfernt gewesen.

Jetzt drehte Belana langsam den Kopf in seine Richtung und Raven konnte in ihren grünen Augen lesen, dass sie noch nicht aufgegeben hatte. Sie deutete sogar ein Lächeln an.

Raven schöpfte neue Kraft. Noch waren die Deserts am Leben – und zwar alle.

Die Schattenländer fuhren mit ihren Gefangenen durch ein weit verzweigtes Labyrinth von Schluchten, Tälern, Senken und Canyons.

Schließlich erreichten sie ein fünfzehn Meter hohes und zehn Meter breites Tor mit mächtigen Säulen rechts und links, das geschickt in einen Felsendurchbruch gebaut worden war.

Ein Wächter winkte den Konvoi in die Stadt Notch durch, und Raven erkannte, dass die Säulen mit rätselhaften Zeichen verziert waren, die Tausende von Jahren alt sein mochten. Sie zeigten Schlangen, dornige Blumen und seltsam verschlungene Schriftzeichen, die Raven noch nie gesehen hatte. In der Mitte des Torbogens thronte ein überdimensionaler Schädel mit leeren Augenhöhlen.

Hinter dem Tor breitete sich ein steiniges Tal aus, das von steilen Hängen umgeben war.

Raven staunte, als sie über eine gepflasterte Straße in die Stadt fuhren. Es schien ein antiker Ort gewesen zu sein, den die Schattenländer wieder zum Leben erweckt hatten: Es gab prächtige Tempel, Plätze mit Arkaden, Brunnen und Obelisken, Wasserleitungen, weitere verzierte Tore und Durchbrüche sowie einen gewaltigen Palast.

Die Deserts sahen einen Steinbruch, aus dem Hammerschläge schallten. Männer schufteten im gleißenden Licht der sengenden Sonne und wurden von peitschenschwingenden Schattenländern bewacht. Über den schweißüberströmten Sklaven kreisten Geier, als würden sie auf die nächste Mahlzeit warten.

Auf der Höhe des Palastes stoppte der Konvoi. Die Gefährten wurden aus den Leichenwagen gezogen und zum Eingang getrieben, vor dem zwei Schattenländer wachten.

Der Palast hatte fünf metallene Kuppeln, erkannte Raven, als er auf ihn zuschritt – die größte kauerte in der Mitte wie eine Spinne im Netz. Die vier anderen, die etwa halb so groß waren wie die mittlere, lagen in den Ecken der Palastanlage. Neben jeder schraubte sich ein elegantes Minarett in die Höhe.

Man stieß und schubste sie in einen angenehm kühlen und dunklen Korridor, dessen Boden aus einem uralten, aufwendigen Mosaik bestand. Weiter ging es in einen gewaltigen Saal, der keine Fenster hatte und in dem nur eine einzige Fackel brannte.

Die Wächter befahlen den Gefährten stehen zu bleiben. Raven schaute sich um und hatte zunächst Mühe, überhaupt irgendetwas zu erkennen. Doch rasch gewöhnten sich seine Augen an das Halbdunkel.

In der Nähe der Fackel stand ein einfacher schwarzer Thron mit Schnitzereien in den Armlehnen. Dahinter erhob sich eine Scheibe aus schwarz bemaltem Holz, auf die ein Gesicht mit weißen toten Augen gezeichnet worden war. Aus diesen toten Augen liefen Tränen. Tränen aus Blut. Raven fuhr ein eiskalter Schauer über den Rücken.

Etwa zehn Minuten vergingen, in denen absolut nichts geschah. Nur Rollercoaster, der zu Füßen seines Herrchens saß, gähnte einmal laut und vernehmlich.

Dann schlug eine Tür, eine große Gestalt schritt zum Thron und ließ sich darauf nieder. Die Gestalt trug wie die anderen eine Kutte mit Kapuze, die ihr tief ins Gesicht fiel.

„Löst ihnen die Fesseln", befahl der Mann auf dem Thron. Seine Stimme klang alt und brüchig.

Die Wächter gehorchten.

Raven massierte seine schmerzenden Handgelenke, als die Stricke zu Boden gefallen waren.

„Kommt näher", verlangte der Herrscher über Notch.

Raven und seine Gefährten machten einige Schritte auf ihn zu, bis sie mit einem Handzeichen gestoppt wurden.

„Ich danke euch", sagte der Mann auf dem Thron.

„Wofür?", fragte Raven.

„Für euren Besuch. Ich mag Gäste. Vor allem, wenn sie Geschenke mitbringen wie ihr: Fahrzeuge, Wasser, Waffen."

Ein heiseres Lachen erklang. „Und natürlich euch selbst. Ihr seid stark und jung."

Der Schattenländer erhob sich und stieg vom Thron. Als er vor den Gefährten stand, zog er die Kapuze herunter.

Raven erschrak. Das Gesicht war mit zahllosen Narben und Pusteln übersät, als sei es von einer furchtbaren Krankheit zerstört worden. Das Schlimmste aber waren die Augen beziehungsweise das, was davon noch übrig war: zwei milchig trübe Seen in schwarzen Höhlen. Der Mann hatte weder Wimpern noch

Augenbrauen, das schüttere Kopfhaar hing ihm wirr bis auf die Schultern.

„Ich bin zwar blind", sagte der Mann leise, „aber ich weiß dennoch, was ihr jetzt denkt. Es graust euch vor mir und wisst ihr was? Das ist gut so. Die Welt wird von Angst regiert. Ohne Angst gäbe es keine Strukturen, keine Hierarchien. Nichts funktioniert ohne Angst. Der Schrecken ist die Triebfeder, sie hält den Motor in Gang. Wenn jeder machen kann, was er will, ohne Konsequenzen zu befürchten, haben wir Anarchie und Chaos. Wer will das schon? Ach übrigens, ich heiße Erebos ..."

„Wie der Gott der Finsternis in der griechischen Mythologie", flüsterte Belana.

„Richtig", bestätigte Erebos. „Einst hat mein Vater diese Schluchten beherrscht und begonnen, diese Stadt wieder aufzubauen. Doch vor acht Jahren wurden wir von den Nebelnomaden überfallen und besiegt. Meinen Vater töteten sie, ich wurde mit einer Klinge ihrer Krummschwerter geblendet, mit der sie das Sonnenlicht verstärkten. Dann jagte man mich in die Wüste, damit ich dort sterben sollte."

Er ging zu seinem Thron und setzte sich wieder.

„Aber ich überlebte und mit mir einige andere. Dann schlugen wir zurück. Unsere Rache war angemessen", sagte Erebos. „Die Nebelnomaden hörten auf zu existieren – bis auf einige wenige. Die ließen wir am Leben, aber nur, damit sie uns dienen. Ein Teil arbeitet in den Steinbrüchen, die anderen ziehen um unserer Gebiet und melden uns, wenn jemand versucht, dort einzudringen – so wie ihr."

„Ich sagte doch, dass du diesem Akif und den anderen Typen nicht trauen darfst", giftete Mysticon in Ravens Richtung. „Aber du wolltest ja nicht auf mich hören."

„Völlig richtig", sagte Erebos zum Ärger von Raven. „Aber jetzt will ich wissen, wer ihr seid und warum ihr so dumm wart zu glauben, dass ihr unser Land durchkreuzen könntet."

Raven stellte sich und die anderen mit knappen Worten vor. Wie bei den Nebelnomaden erwähnte er den Tower, aber weder seine Schwester noch ihr eigentliches Ziel Paxtonia.

„Tja, den Tower werdet ihr nie erreichen", sagte Erebos, als Raven fertig war.

„Stattdessen werdet ihr in den Steinbrüchen arbeiten. Sonne, Sand und Wind setzen unserer Stadt unentwegt zu. Ständig muss etwas repariert oder instand gehalten werden. Dabei werdet ihr ab jetzt helfen."

„Und wenn wir uns weigern?", fragte Mysticon.

Eine überflüssige Frage, dachte Raven.

Erebos schenkte ihm wieder sein heiseres Lachen. „Oberhalb des Steinbruchs ist an einer Seite ein kleines Podest", sagte er. „Dort können wir euch anketten und zuschauen, wie die Geier sich über euch hermachen. Sonst noch was?"

„Was wird aus meinem Hund?", fragte Big T.

Erebos zögerte. „Ein Hund … Was für eine Rasse?"

„Ein Pitbull."

„Oh, sein Glück. Die mag ich. Wenn es ein Pudel gewesen wäre, hätte er sich schon mal mit dem Podest anfreunden dürfen. Der Pitbull bleibt bei mir. Und jetzt raus mit euch."

Wächter führten die Gefährten geradewegs in den Steinbruch. Hier war das Sonnenlicht so hell, dass es in den Augen schmerzte. Der Steinbruch war etwa so groß wie ein Fußballfeld und an drei Seiten von steilen Felswänden umgeben. Hoch oben an der nördlichen Wand war das Podest zu erkennen, zu dem eine Treppe hinaufführte. Auf der Plattform standen vier Pfähle.

Kommandos schallten über den Steinbruch, Peitschen knallten. Zerlumpte Männer trieben mit Hämmern hölzerne Keile in Ritzen und Furchen des Gesteins und begossen sie mit Wasser. Durch den Quelldruck sollten die Brocken gespalten werden. Andere wuchteten das gewonnene Gestein auf Karren und wieder andere hatten die Aufgabe, die Karren zu der jeweiligen Baustelle zu ziehen.

Raven blieb stehen. Ihm fiel auf, dass die Sklaven eiserne Fußfesseln trugen, die sie zu kleinen tippelnden Schritten zwangen.

Panik stieg in ihm auf. Das war jetzt auch ihr Schicksal. Erneut machte er sich Vorwürfe. Den Tower und vor allem Paxtonia würden sie niemals erreichen.

Er hatte alles falsch gemacht. Sie hätten den Umweg nehmen sollen, wie Mysticon es gesagt hatte. Jetzt waren sie alle gefangen und auch in Blackpool gab es keine Hoffnung mehr für seine Freunde.

Bei dem Gedanken an Blackpool fiel ihm Spy wieder ein. War sein gefiederter Freund schon längst tot, zerhackt und zerrissen von diesen widerlichen Geiern?

Raven erhielt einen Stoß in den Rücken. „Weitergehen“, wurde er angeraunzt.

Man schubste ihn und seine Gefährten zu einem der Aufseher.

„Die Neuen“, sagte einer der Wächter.

„Gut, die sind noch jung und belastbar“, meinte der Aufpasser. „Bis auf den alten Knochen da.“

Mysticon reagierte nicht auf die Provokation.

„Leg ihnen ein paar schöne Fußfesseln an“, befahl der Aufpasser einem anderen Wachmann.

Keine zehn Minuten später klirrten Ketten an den Füßen der Gefährten.

„Ihr ladet die Steine auf“, lautete der Befehl.

Sie hatten keine Wahl. Raven und die anderen begannen, in der prallen Sonne die schweren Brocken auf einen der Holzkarren zu wuchten.

Schon nach einer Stunde schmerzten Ravens Gelenke und Muskeln.

Die teils scharfkantigen Steine rissen die Haut an seinen Händen auf. Zudem begann ihn der Durst zu quälen.

Er schaute zu seinen Freunden. Big T, Mysticon, Zerron und auch Belana ließen sich nichts anmerken, doch das Gesicht des zierlichen Dippy war bereits von den Strapazen gezeichnet.

Raven ahnte, dass der es sein würde, der als Erster zusammenbrach. Er musste sich etwas einfallen lassen.

Zur gleichen Zeit tauchte oberhalb des Podestes mit den vier Pfählen ein Wolf auf. Dieser Wolf hatte nur ein Auge, und dieses eine Auge war gelb.

Auf seinem Rücken saß eine Krähe.

Der Wolf duckte sich und schlich vor bis zum Rand des Steinbruchs. Der Vogel hüpfte von seinem Rücken und schaute wie der Wolf hinunter zu den Gefährten.

Dann krächzte die Krähe kurz und abgehackt und die beiden Tiere wandten sich ab.

Spy setzte sich wieder auf den Rücken von Yellow, der in Richtung Süden trabte.

DIE WÖLFE

Es war die dritte Nacht in Notch. Die letzten Tage waren für Raven und seine Begleiter die Hölle gewesen.

Er lag auf dem steinharten Boden des Verschlages, in dem er und die anderen etwa fünfzig Arbeiter eingepfercht waren. Es handelte sich um eine in den Fels geschlagene Höhle, deren Eingang mit einem stabilen Eisengitter gesichert war. Davor lungerte ein Schattenländer herum. Etwas Mondlicht sickerte durch das Eisengeflecht und fiel auf Mysticon, der an der Wand gegenüber von Raven hockte und ihn anstarrte. Seine Augen brannten sich förmlich in die von Raven.

Der wandte sich ab, und die Fesseln an seinen Füßen klirrten. Neben ihm lag Belana auf der Seite. Sie hatte sich ganz klein gemacht, den Rücken gekrümmt, die Knie angezogen. Ihr Atem ging flach und schnell. Haare fielen ihr ins Gesicht mit der noch immer leicht angeschwollenen Lippe.

Trauer und Wut stiegen in Raven hoch. Hass. Schuld. Er fühlte sich ausgeliefert, dumm und nutzlos.

Und dann war da auch noch Mysticon, dessen Blicke ihn straften.

Bei Sonnenaufgang gab es ein karges Frühstück, das aus lauwarmem Wasser, etwas Käse und Brot bestand, das ähnlich hart war wie der Boden, auf dem sie nächtigen mussten.

Dann wurden sie wieder zur Arbeit getrieben. Dabei kamen sie auch an einer Art Garage vorbei, in der ihre Fahrzeuge standen und die wie das Gefängnis in die Felswand geschlagen worden war. Die Schattenländer hatten es noch nicht einmal für nötig gehalten, die Tanks vom Trummer zu holen. Sie zapften Wasser oder Sprit einfach an Ort und Stelle ab, wie Raven gestern beobachtet hatte.

Zwölf Stunden dauerte eine Schicht. Die Knochenarbeit hatte sie bereits am ersten Tag an die Grenzen ihrer Kräfte gebracht. Raven fühlte sich wie gerädert und konnte nur ahnen, wie es dem kleinen Dippy ging, der von den Schattenländern keine Sekunde lang geschont worden war.

Auch heute hatten die Deserts die Aufgabe, die Karren zu beladen.

„Ich bleibe bei Dippy", flüsterte Big T Raven in einem unbeaufsichtigten Moment zu. „Der kann sicher etwas Hilfe gebrauchen."

„Gute Idee", raunte Raven ihm zu.

Während er schuftete, sah er, wie der hünenhafte Big T Stein um Stein auf den Holzwagen wuchtete und Dippy dabei immer wieder eine Last abnahm.

Einige Stunden ging das gut.

Doch gegen Mittag rief einer der Aufseher: „He, was ist mit dir?"

Raven blickte hoch. Der Schattenländer deutete mit der Peitsche auf Dippy. „Hat jemand etwas von Pause gesagt?"

Dippy hockte auf einem Stein. Er hatte den Oberkörper vornübergebeugt und würgte. Offenbar war er völlig erschöpft. Neben ihm stand Big T, der eine Hand auf seine Schulter gelegt hatte.

„Es geht gleich wieder, er braucht nur etwas Wasser", sagte Big T.

Der Schattenländer baute sich vor ihm auf, war aber immer noch einen halben Kopf kleiner. „Wer hat dich gefragt?"

„Niemand", erwiderte Big T ruhig.

„Richtig", sagte der Aufseher und schlug Big T unvermittelt mit dem Griff der Peitsche vor die Brust. Es war ein präziser, mit voller Wucht geführter Hieb, der die meisten zu Boden geschickt hätte.

Big T wankte zwar, aber er fiel nicht. Er ballte seine großen Fäuste, die an Schmiedehämmer erinnerten.

„Versuch's", zischte der Schattenländer. „Tu mir den Gefallen und wehr dich."

Nein!, schrie Raven in Gedanken. Er wird dich töten!

Zum Glück beherrschte sich Big T.

Der Aufseher wandte sich an Dippy: „Hoch mit dir, du fauler Mistkerl!"

Dippy gehorchte und stand unsicher vor dem Schattenländer, den Blick gesenkt.

„Der Stein da. Heb ihn auf", befahl der Aufseher.

Raven schätzte, dass der Brocken mindestens fünfzig Pfund wog. Zu viel für Dippy.

„Ich mach das schon", bot Raven an und versuchte, freundlich zu klingen. Er kam auf Dippy zu.

Die Peitsche knallte, und Raven zog den Kopf ein.

„Gar nichts wirst du", schrie der Schattenländer. „Der Kleine erledigt das. Sonst erledige ich ihn."

Raven blieb stehen, auch wenn es ihm schwerfiel. Dabei fing er einen bösen Blick von Mysticon auf.

Du bist schuld!, stand darin zu lesen.

Dippy bückte sich. Seine aufgerissenen Hände packten den Stein. Er ging in die Knie und versuchte, den Brocken hochzuheben.

„Na, wird's bald?"

Dippy drückte die Beine durch und … schaffte es!

Mit zusammengekniffenen Lippen trug er die Last die wenigen Meter zum Holzkarren. Dabei musste er an dem Aufseher vorbei. Als Dippy auf dessen Höhe war, stellte der Schattenländer ihm ein Bein.

Dippy strauchelte und ließ den Brocken fallen.

„Du kleiner Schwächling bist auch zu nichts zu gebrauchen", lachte der Aufseher und hob die Peitsche.

In diesem Moment krächzte ein Vogel.

Irritiert schaute der Schattenländer nach oben.

Auch Raven blickte zum Himmel.

Spy! Er konnte es nicht fassen. Die Krähe flog in kleinen Kreisen über den vier Pfählen.

Doch Spy war nicht allein. Jetzt tauchte am oberen Rand des Steinbruchs ein riesiges Rudel Wölfe auf, das von einem Leitwolf angeführt wurde, der nur noch ein Auge hatte.

„Yellow!", sagte Big T, der neben Raven getreten war, staunend.

„Ja." Raven konnte es einfach nicht fassen. „Sieht so aus, als hätten sie die Wölfe aus Blackpool gemeinsam hierhergeführt. Das ist einfach unglaublich!"

„Verdammt, wo kommen die ganzen Viecher her?", rief der sadistische Aufseher verdattert. Unschlüssig richtete er die Armbrust auf die Tiere, die jetzt die Treppe herunterkamen.

Wie eine graue Flut ergoss sich das Rudel in den Steinbruch. Knurrend und heulend stürmten die Wölfe heran, Yellow vornweg.

„Verdammter Mist! Gebt Alarm!“, brüllte der Schattenländer und zielte mit der bereits gespannten Armbrust auf Yellows Oberkörper.

„Nein!“, schrie Mysticon .

Big T reagierte blitzschnell und rammte dem Aufseher die Faust seitlich ans Kinn. Der Schlag hätte ausgereicht, um einen Baum zu fällen – es knackte, der Schattenländer ging in die Knie und schloss die Augen.

„Gute Nacht“, meinte Big T feixend und begann, die Kutte des Mannes abzutasten.

„Gefunden!“, rief er triumphierend und hielt einen Schlüsselbund hoch. Schon hatte er die eiserne Kette an seinen Beinen geöffnet. Dann befreite er seine Freunde und Mysticon.

Raven beobachtete, wie die Wölfe die anderen Wachmänner attackierten. Einige ergriffen die Flucht, andere begannen zu schießen. Zwei Wölfe fielen, was die Wut der anderen nur anfachte. Sie überrannten die Aufseher, die nicht schnell genug nachladen konnten. Schreie ertönten, als sich die langen Fangzähne in deren Fleisch gruben.

Yellow flog förmlich auf Mysticon zu und sprang an ihm hoch.

Der umarmte das mächtige Tier. „Gut gemacht“, lobte er.

„Kuscheln könnt ihr später. Lasst uns abhauen! Wir müssen zu unseren Fahrzeugen!“, rief Raven und rannte los. Überall um ihn herum waren die Wölfe.

Belana tauchte neben ihm auf. Sie grinste über das ganze Gesicht. „Absolut irre! Spy und Yellow! Was für ein Team!“

„Noch sind wir nicht am Ziel“, bremste Raven ihre Euphorie.

Während sie auf die höhlenähnliche Garage zuliefen, begann eine Sirene zu heulen. Irgendjemand hatte es geschafft, den Alarm auszulösen. In den an- und abschwellenden Ton mischte sich das Gekreisch der Geier, die nun über Notch kreisten.

Spy landete auf Ravens Schulter. Es war ein gutes Gefühl, seinen Freund wieder bei sich zu haben.

Vier besonders große Exemplare der Geier schossen im Sturzflug auf die Meute der Wölfe zu und begannen, auf die Köpfe der Tiere einzuhacken. Wütendes Geheul war die Antwort. Raven sah, wie Yellow, der sich wieder zu den kämpfenden Wölfen gesellt hatte, einen Flügel zu packen bekam und den großen Vogel zu Boden riss, der in dem Knäuel der dicht gedrängten Wolfsleiber förmlich verschluckt wurde.

Die verbliebenen drei Geier hielten jetzt lieber einen gewissen Sicherheitsabstand.

Nur noch etwa hundert Meter trennten Raven und die anderen von den Fahrzeugen.

Hoffentlich war überhaupt noch Sprit in den Tanks, durchfuhr es ihn.

„Stehen bleiben, Hände hoch!", gellte da die Stimme eines Wächters, der mit einem anderen Schattenländer am Eingang zur Höhle erschien.

In der nächsten Sekunde raste ein Bolzen auf Belanas Kopf zu.

Raven gab ihr einen Stoß, sodass sie zur Seite taumelte, und der Bolzen verfehlte sie nur um wenige Zentimeter.

Im Rennen griff Raven nach einem Stein und schleuderte ihn. In diesen Wurf legte er all seine Wut, all seine Kraft, alles, was in ihm war. Es war ein wunderbar platzierter Wurf, der den Schattenländer niederstreckte. Sein Komplize hetzte davon.

Der Weg zu den Fahrzeugen war frei.

Raven sprang in den X-Bow und konnte sein Glück kaum fassen: Da lag sein Bogen samt Köcher und Pfeilen!

„In den Tanks ist noch Wasser“, hörte er jetzt Big T rufen. „Der Sprittank ist ebenfalls noch ganz gut gefüllt. Und mit meinen Bumerangs können sie offenbar auch nichts anfangen. Die sind noch da!“

„Das gilt auch für meinen Bō“, lachte Zerron. „Mit so etwas muss mal nun einmal umgehen können.“

Big T schnaufte. „Jetzt fehlt nur noch Rollercoaster. Ohne ihn werde ich nicht fahren.“

Mist!, durchfuhr es Raven. Den Pitbull hatte er tatsächlich einen Moment vergessen.

„Unsinn!“, rief Mysticon, der gerade die Tür zur Stretchlimousine aufriss. „Das ist doch nur ein Hund. Dafür haben wir keine Zeit.“

„Ich schon. Das ist eben nicht nur ein Hund. Es ist Rollercoaster“, stellte Big T klar. „Was wäre, wenn Yellow fehlen würde?“

„Das ist etwas anderes. Der Wolf ist etwas wert, wie wir gerade gesehen haben. Er hat uns schließlich befreit! Was man von deiner Töle nicht behaupten kann“, erwiderte Mysticon kalt.

Big T schien einen Moment fassungslos. „Du bist ein alter, böser Mann“, sagte er. „Und ich hole jetzt Rollercoaster. Wer kommt mit?“

Die Deserts waren bereit, ihm zu folgen. Mysticon blieb keine andere Wahl und so schloss er sich dem Trupp an.

„Was für ein Kindergarten“, ächzte er, als er sich auf den Fahrersitz fallen ließ und den Motor startete.

Big T donnerte mit dem Trummer aus der Garage und hielt direkt auf den Palast von Erebos zu.

Die anderen folgten ihm. Die Wölfe jagten ihnen hinterher und stifteten weiter Chaos in der Stadt.

Die Schattenländer flohen vor den beißwütigen Tieren auf die Dächer und schossen, was ihre Armbrüste hergaben. Sie zielten auf die Wölfe, aber auch auf die Deserts.

Doch auch dort oben waren sie nicht sicher. Dippy, der erneut die Steuerknüppel arretiert hatte, um die Hände frei zu haben, zwang sie mit seinen Stahlkugeln, in Deckung zu gehen.

Unterdessen gelangten die anderen ohne nennenswerte Gegenwehr zum Palast.

Mit einer Salve aus seinem Maschinengewehr verjagte Mysticon die Wächter am Eingang.

Dann stürmten Raven, Belana, Big T und Zerron das Gebäude, während Mysticon den Eingang sicherte und Dippy mit seinem Hubschrauber über den kuppelförmigen Dächern kreiste.

Nach einem kurzen Sprint erreichte das Quartett den großen dunklen Saal. Dort wurden die Freunde bereits erwartet.

„Willkommen“, sagte Erebos mit seiner heiseren Stimme.

Neben ihm hockte Rollercoaster, der sofort losflitzte, als er Big T sah.

Doch er kam nicht weit. Eine Leine riss ihn zurück. Der Pitbull jaulte und fiepte, dann begann er wütend zu kläffen.

„Ganz ruhig, ich hole dich“, sagte Big T.

„Nur zu“, bat Erebos.

Raven sah sich um. War das eine Falle? Zu dumm, dass er so wenig erkennen konnte. Wie bei ihrem letzten Zusammentreffen mit Erebos brannte nur eine einzige Fackel.

„Vorsicht!“, schrie in diesem Moment Belana.

Von allen Seiten sprangen dunkel gekleidete Schattenländer auf sie zu. In ihren langen Mänteln wirkten sie wie gigantische Fledermäuse.

Zerron ging in die Knie und hielt den Bō wie eine Lanze. Einer der Angreifer rannte auf Bauchhöhe dagegen und wurde von Zerron angehoben, der dabei die Aufprallgeschwindigkeit des Schattenländers geschickt nutzte: Er beförderte den Kerl über seinen eigenen Kopf hinweg in die Tiefen des Raumes.

Ein Bumerang, mit enormer Wucht von Big T auf Verdacht geschleudert, warf den nächsten Feind zurück.

Raven verzichtete auf seinen Bogen, weil er Angst hatte, in dem unübersichtlichen Getümmel einen Freund zu treffen. Er vermutete, dass die Schattenländer aus demselben Grund ihre Armbrüste nicht einsetzten. Offenbar fürchteten sie, ihren Anführer zu durchbohren.

Stattdessen setzte Raven seine Fäuste und Füße zur Verteidigung ein – wie Belana, die neben ihm kämpfte.

Ein großer Krieger schlug nach Raven, der sich jedoch duckte und dem Kerl das Standbein wegtrat. Dumpf krachte der Feind auf den Boden. Raven setzte nach und schickte ihn ins Reich der Träume. Dann half er Belana, die sich gleich gegen zwei Männer zur Wehr setzen musste. Ihre Fäuste wirbelten, ihre Füße zuckten vor und zurück. Zack, der Erste ging bewusstlos zu Boden. Zack, der Nächste.

Zerron und Big T räumten mit dem Rest der zehnköpfigen Bande auf.

Plötzlich herrschte eine schon fast unheimliche Stille, durchbrochen nur vom Keuchen der erschöpften Freunde.

„Habt ihr sie?", fragte Erebos. Seiner Stimme fehlte jetzt die Selbstsicherheit. Sie klang eine Oktave zu hoch, schon fast ein wenig ängstlich.

„Ja, haben wir", sagte Big T und kam zu ihm.

„Wer bist du?", fragte der Herrscher von Notch. „Du bist keiner von meinen Leuten."

„Gut erkannt", erwiderte Big T und band Rollercoaster los, der jaulend und glücklich kläffend die Freunde umrundete und sich dabei mindestens einmal überschlug.

„Aber mein Name ist egal. Denn wir gehen – und du bleibst hier in diesem dunklen Loch", verkündete Big T und nahm einem der am Boden liegenden Schattenländer die Armbrust ab.

Er spannte die Waffe und stellte sich dicht vor Erebos.

Raven überfiel eisiges Entsetzen. Was hatte Big T vor? Wurde sein Freund zum Mörder?

EINE GESTALT IN DER NACHT

Bevor Raven eingreifen konnte, hatte Big T den Bolzen abgefeuert.

Er drang durch den Stoff am linken Ärmel und nagelte den Herrscher von Notch an seinem Thron fest. Erebos schrie vor Angst und Wut.

Davon unbeeindruckt verfuhr Big T mit dem anderen Ärmel ebenso.

Dann ließ er die Waffe achtlos zu Boden fallen.

„Adios“, sagte er zu dem an den Thron gefesselten Herrscher.

Raven atmete erleichtert aus und klopfte Big T anerkennend auf die Schulter.

Dann rannten sie mit Rollercoaster aus dem Palast.

„Na endlich, ich dachte schon, dass wir hier allein aufräumen müssen“, rief Mysticon, der gerade mit Dippy dabei war, mehrere Leichenwagen aus Notch zu jagen. Patronen und Stahlkugeln flogen. Andere Schattenländer wurden von den hungrigen Wölfen verfolgt.

Raven ging in die Knie und spannte den Bogen, um seinen Beitrag zu leisten. Doch das war gar nicht mehr nötig – die Armee der Schattenländer löste sich bereits auf.

Plötzlich geriet Dippys Hubschrauber in sein Blickfeld. Der Helikopter tanzte am Himmel wie eine durchgedrehte riesige Hummel. Ein Schwarm von Geiern hatte sich auf den Skids, den Landekufen des Helikopters, niedergelassen und versuchte von dort ins seitlich offene Cockpit vorzudringen. Immer wieder schossen die nackten Hälse der Geier vor. Die Vögel pickten und hackten auf Dippys Arme ein.

Raven überlegte fieberhaft – wie konnten sie ihrem Freund nur helfen?

Schon hob Big T einen Bumerang.

„Nein!“, rief Raven, doch es war zu spät.

Big Ts Waffe flog in einer präzisen Kurve auf die Vögel zu, aber weil Dippy gerade mal wieder an den Steuerknüppeln riss, machte der Helikopter eine weitere unkontrollierte Bewegung – und wo gerade noch ein Schwarm Geier gesessen hatte, befand sich nun der Rotor.

Schrapp-schrapp-schrapp: Der Bumerang traf auf Metall und wurde förmlich geschreddert.

„Mist“, kommentierte Big T und griff zum nächsten Wurfgeschoss.

„Nein, lass es lieber“, wiederholte Raven. „Sonst holst du noch Dippy vom Himmel.“

Da jagte Dippy den Hubschrauber mit heulendem Motor senkrecht in den Himmel und ließ ihn …

Ravens Mund klappte auf.

… wie in Zeitlupe …

„Das geht nicht gut!“, fürchtete Belana.

… nach hinten kippen.

„Das hält die Kiste niemals aus!“, schrie Zerron.

Der Helikopter machte jetzt einen Looping rückwärts, wobei die lästigen Geier in alle Richtungen stoben.

Mit vollem Tempo schoss der Hubschrauber auf Raven und die anderen zu.

„Deckung!“, brüllte Big T und warf sich zu Boden.

Kurz bevor die Maschine auf dem Boden zerschellte, gelang es Dippy, sie hochzuziehen. Die Skids touchierten das Wrack eines Leichenwagens, der Helikopter schüttelte sich kurz wie im Fieber, doch dann setzte er einigermaßen sauber in der Nähe der Gefährten auf.

„Wie war ich?“, fragte Dippy, nachdem er den Motor ausgemacht hatte und ausgestiegen war.

Die Deserts waren noch eine Sekunde wie gelähmt. Doch dann brach Raven das Schweigen: „Sensationeller Stunt! Aber du blutest ja …“

Voller Verachtung schaute Dippy auf die tiefen Kratzer auf seinen Armen. „Blöde Geier“, schimpfte er.

„Ich kümmere mich gleich darum“, bot Belana an und deutete auf ihren Lederbeutel.

„Apropos Geier, die geben noch nicht auf“, knurrte Big T und rief Mysticon zu: „Übernimm du das mal.“

Mysticon richtete das Maschinengewehr nach oben und vertrieb die Vögel mit einer Salve.

Nun gehörte Notch endgültig ihnen.

Sie setzten sich vor den Palast und Belana verarztete Dippys Wunden.

Rollercoaster lief schwanzwedelnd um sie herum und holte sich von allen Streicheleinheiten ab.

Auch Yellow trottete heran. Hinter ihm kamen mehrere dutzend Wölfe nach – wie das Gefolge eines mächtigen Königs. Der Wolf mit dem einen gelben Auge legte sich vor Mysticon auf den Boden und ließ sich kraulen. Von Raven und den anderen Deserts nahm er jedoch kaum Notiz. Yellow blieb einmal mehr unnahbar, fremd und schon fast abweisend.

Schließlich landete Spy auf Ravens Schulter.

„Du glaubst gar nicht, wie froh ich bin, dich zu sehen“, sagte Raven so leise zu der Krähe, dass niemand ihn hören konnte. „Unglaublich, dass es dir und Yellow gelungen ist, das Rudel aus Blackpool hierher zu führen. Du bist der Beste!“

„Wir sollten uns hier schnell verkrümeln“, schlug Mysticon jetzt vor. „Wer weiß, ob sich die Schattenländer vor der Stadt sammeln und versuchen zurückzuschlagen.“

Raven nickte. Da hatte er recht. „Kommt“, sagte er nur.

Als Erster fuhr er durch das Felsentor, hielt an, stieg aus und peilte mit den anderen die Lage. Kein Schattenländer war weit und breit zu sehen.

Sehr gut, es schien, als könnten sie ihre Reise zum Tower fortsetzen, dachte Raven zufrieden. Doch was sollten sie mit den Wölfen machen? Sie konnten die Meute ja schlecht mitnehmen.

Die Tiere nahmen ihnen die Entscheidung ab. Sie formierten sich zu einem langen Zug und trotteten in Richtung Süden, wo Blackpool lag. Nur Yellow blieb zurück.

„Einfach irre“, sagte Big T. „Ich hätte nie gedacht, dass es ausgerechnet diese Wölfe sein würden, die uns retten.“

„Ja, wir haben eine Menge Glück gehabt“, kam es von Mysticon.

„Glück? Nein“, widersprach Raven. „Spy und dein Wolf haben die Blackpool-Wölfe hergebracht. Ganz gezielt.“

Mysticon lachte. „Okay, dann hast eben du Glück gehabt, dass wir für deine Fehlentscheidungen nicht mit unseren Leben bezahlt haben."

„Hör auf damit", rief Belana. „Das führt doch zu nichts."

Zerron stellte sich vor Mysticon. „Welche Fehlentscheidung meinst du? Was hättest du gemacht, als uns die Schattenländer in der Schlucht umringt haben und ich die gespannte Armbrust an meinem Kopf gespürt habe? Sag es mir, Mysticon. Sag es mir ins Gesicht."

Mysticon wich seinem Blick aus und starrte in die Schlucht, die am Zugang zu Notch vorbeiführte. „Lasst uns weiterfahren", sagte er, ließ Zerron einfach stehen und stieg in die Stretchlimousine. Yellow sprang auf den Beifahrersitz.

Dann brachen sie in Richtung Tower auf. Mysticon setzte sich an die Spitze des Konvois.

Sie folgten dem Verlauf der Schlucht und erreichten gegen Mittag ohne Zwischenfälle das Ende des Felsenlabyrinths – und damit das Ende des Gebiets der Schattenländer.

Vor ihnen lag nun eine weitere trockene Ebene, durch die sich von der Grenze mehrere mit Schlaglöchern übersäte Pisten schlängelten. Eine davon führte in Richtung Norden, und Mysticon schlug diesen Weg ein.

Nach einigen Kilometern gelangten sie zu einer Kreuzung, und Raven musste zugeben, dass er absolut keine Ahnung hatte, wohin sie sich wenden sollten. Alles sah gleich aus.

Doch Mysticon kannte den richtigen Weg, und so folgte Raven ihm notgedrungen mit den anderen. Es passte ihm weiterhin nicht, dass er auf diesen Mann angewiesen war.

Am Abend tauchte eine verfallene Farm am Horizont auf und sie rasteten dort. Sie waren froh, für die Nacht einen Schutz vor der Kälte gefunden zu haben. Big T kündigte an, ihnen etwas Tolles zum Essen zuzubereiten. Dafür zog er sich in den Schatten des Trummers zurück und begann zu hantieren.

Mysticon bediente sich an seiner Bar, Belana und Dippy trainierten ein wenig mit ihren Waffen, während Raven und Zerron ein Feuer machten.

„Ist irgendetwas?", fragte Zerron.

„Wieso?"

„Du bist so still."

„Nein, alles klar."

Zerron sah ihn an. „Blödsinn. Erzähl mir nichts. Ich kenne dich wie einen Bruder, Raven. Ich sehe dir an, wenn etwas nicht stimmt."

Raven setzte sich in den Sand und beobachtete, wie die ersten Flammen züngelten. „Okay … ich frage mich manchmal, ob ich wirklich noch der richtige Anführer bin. Ob ihr mir überhaupt noch vertraut …"

Nun kauerte sich Zerron neben ihn. „Klar vertraue ich dir. Natürlich ist nicht alles ideal gelaufen, aber wir sind noch am Leben und auf dem richtigen Weg. Und das ist in erster Linie dein Verdienst."

Raven sah ihn lange an. „Aber vielleicht wäre es besser gewesen, wenn ihr von Anfang an nur auf Mysticon gehört hättet."

Einen Moment lang überlegte Zerron. Dann erwiderte er: „Auf Mysticon? Nein. Ich traue ihm nach wie vor nicht. Aber du, du bist mein Freund."

Raven lächelte schwach. „Danke."

Zerron klopfte ihm auf die Schulter. „Hör auf, dir Vorwürfe zu machen. Schau nach vorn, verlier unser Ziel nicht aus den Augen. Du musst stark sein, damit dir andere folgen. Zeigst du Schwäche, hast du verloren."

Langsam nickte Raven.

„Und noch was: Wenn wir es schaffen wollen, müssen wir einander vertrauen und zusammenhalten", ergänzte Zerron. „Du und ich. Belana, Big T, Dippy. Und wenn wir sterben, dann sterben wir zusammen. Aber wir werden niemals allein sein."

„Was ist da denn so alles drin?", wollte Dippy wissen, als sie später um das Feuer zusammensaßen und die Nacht langsam ihren Mantel über der Landschaft ausbreitete. In einem großen Topf über dem Feuer blubberte eine streng riechende Suppe, aus der immer wieder spitze Knöchelchen herausragten.

„Ich glaube nicht, dass du das wirklich wissen willst", sagte Big T grinsend. „Sagen wir so: Es ist nicht so ganz alltäglich."

„Hast du's schon probiert?", wollte Dippy wissen. Die Skepsis in seiner Stimme war unüberhörbar.

„Äh ... nein. Also jedenfalls ich nicht, sondern ..." Big T linste zu seinem Pitbull, der glücklich hechelnd neben ihm saß und jetzt eine Pfote auf dessen Oberschenkel legte.

„Okay, Rollercoaster lebt noch", meinte Dippy. „Also kann es ja nicht so schlimm sein."

„Das denke ich doch auch. Und jetzt gib mir mal deinen Teller."

Zögernd gehorchte Dippy, und Big T schaufelte ihm eine ordentliche Portion hinein. „Guten Appetit."

Alle Blicke waren auf Dippy gerichtet, der nun den Löffel in die Brühe eintauchte und ihn vorsichtig an die Lippen führte. Mit geschlossenen Augen kostete er.

„Und? Bist du schon tot?“, fragte Zerron und begann zu lachen.

„Ne, der lebt auch noch – und was noch besser ist: Es scheint ihm zu schmecken“, rief Big T. „Oder, Dippy? Ist doch lecker ...“

Dippy öffnete die Augen wieder und sagte: „Lecker ist ein wenig übertrieben. Aber man kann es essen.“

Big T verschränkte die Arme vor der Brust. „Willst du etwa meine Kochkünste infrage stellen?“

„O nein, das würde ich nie tun, Big T“, sagte Dippy schnell zu seinem offensichtlich gekränkten Freund und nahm noch einen Löffel. „Hm, jetzt wird es noch besser. Eigentlich, ja eigentlich schmeckt es wirklich fantastisch, wenn man sich erst einmal daran gewöhnt hat. Ist wohl wie bei kaltem Wasser. Wenn man erst einmal drin ist, dann geht es.“

Jetzt probierten auch die anderen Big Ts Kreation.

„Also, ich finde es wirklich furchtbar. Das ist so ziemlich das Widerlichste, was du jemals gekocht hast, Big T“, lästerte Zerron. „Was ist da wirklich drin? Eine alte Socke von dir? Ich glaube, dass Dippy nur Schiss vor dir hat, Big T. Dass du ihn mit deinem Kochlöffel verprügelst, falls er sagt, dass es ihm nicht schmeckt.“

Alle lachten.

Dann tauchte Raven etwas von dem trockenen Brot in die seltsame Suppe. Das fade alte Zeug absorbierte etwas von dem stechenden Geschmack der Brühe. Im Gegenzug konnte man das Brot jetzt besser kauen.

Als sie sich schlafen legten, breitete Belana ihre Decke wieder neben der von Raven aus, was ein Lächeln in sein Gesicht zauberte.

„Wie geht es deiner Lippe?", fragte er sie.

„Probier es doch aus ...", erwiderte sie.

Vorsichtig hauchte er ihr einen Kuss auf die Wange.

„Da bist du falsch", sagte sie leise.

Raven wagte es, sie auf den Mund zu küssen. „Und?", fragte er danach.

„Mehr", lautete ihre Antwort.

Nach einigen weiteren und höchst intensiven Versuchen lösten sie sich voneinander. Belana kuschelte sich an ihn. Kurz darauf war sie eingeschlafen und Raven zog wieder einmal das Foto hervor.

Sein Vater und Enya ...

Bald würde er zumindest Enya gegenüberstehen.

Wie würde das sein?, fragte er sich. Sie war seine Schwester, sie gehörte zu seiner Familie, aber sie war doch eine Fremde. Raven horchte in sich hinein, versuchte, ein bestimmtes Gefühl zu orten, doch es misslang. In seinem Inneren herrschte ein totales emotionales Durcheinander.

Familienmitglieder? Das waren für Raven stets die Deserts gewesen. Zerron war wie ein Bruder für ihn, Hank ein väterlicher Freund. Dippy und Big T und die anderen waren seine Gefährten, die einander beschützten, jeder auf seine Art für einander sorgten und Halt gaben in dieser kaputten Welt. Und jetzt Belana ...

Doch nun würde er seine Schwester sehen ... Seine Finger glitten über das Foto.

Dann nickte auch er ein.

Es dauerte nicht lange, bis der schwarze Vorhang zurückgezogen wurde und der böse Traum die Bühne von Ravens Bewusstsein betrat. Wie immer wurde dasselbe Stück geboten: das kalte Wasser, die riesige Welle, das kleine Kind …

Raven schreckte hoch und schnappte nach Luft, als sei er gerade von der Welle in die Tiefe gezogen worden.

Mit jagendem Atem schaute er sich um. Über ihm breiteten sich immer noch die Sterne am Himmel aus, und Raven fiel das Gespräch mit Belana ein. Er blickte zu ihr. Ganz friedlich lag sie da. Ihr Atem ging ruhig und regelmäßig.

Wie gerne hätte sich Raven jetzt an sie gekuschelt. Bestimmt hätte er in Belanas Armen ruhig durchschlafen können. Doch Raven wollte sie nicht wecken.

Es gelang ihm nicht, ruhiger zu werden.

Daher beschloss Raven, ein wenig herumzulaufen. Er ging an seinen schlafenden Freunden vorbei, und als er begann, das Lager zu umrunden, setzte sich zu seiner Freude Spy auf seine Schulter.

Schließlich stand Raven in der Nähe eines Stalls, dessen Dach eingestürzt war. Ein kühler Wind strich über die Einöde und plötzlich öffnete sich eine Tür in dem lang gezogenen Gebäude.

Ravens Augen wurden schmal. War das eine Böe gewesen oder …

Er setzte sich in Bewegung, um der Sache auf den Grund zu gehen, und sonderte sich ein Stück von den anderen ab.

Als er kurz vor der Tür war, erhielt er einen heftigen Schlag auf den Hinterkopf. Schwarze Schleier zogen vor seinen Augen auf, während gleichzeitig grelle Lichter explodierten. Als Raven auf die Knie sackte, spürte er, wie der Angreifer an seinen Hals griff.

Nein!, dachte er und mobilisierte seine letzten Kräfte, um bei Bewusstsein zu bleiben. Irgendwie kam Raven wieder auf die Beine und es gelang ihm, dem Kerl den Ellbogen in den Magen zu rammen. Gleichzeitig hörte er Spy krächzen.

Ein unterdrückter Schrei, die Hand um den Hals wich. Raven drehte sich um – wer war der Angreifer?

Aber sein Blick war nach dem Schlag immer noch getrübt und der Täter vermummt. Eines allerdings erkannte Raven: Spy war ihm zu Hilfe gekommen. Die Krähe hackte mit ihrem kräftigen Schnabel auf die Gestalt ein. Doch der Angreifer schüttelte den Vogel ab und verpasste dem halb benommenen Raven einen Schlag ans Kinn. Jetzt ging dieser endgültig zu Boden und verlor das Bewusstsein.

Bereits nach wenigen Minuten kam Raven jedoch wieder zu sich, was an Spy lag, der ihn immer wieder mit dem Schnabel leicht gepikt hatte.

Raven schüttelte sich.

Wer war das gewesen? Raven spähte in die Dunkelheit. Der Mistkerl war nirgends zu sehen …

Spy musste den Angreifer in die Flucht geschlagen haben.

Mühsam rappelte sich Raven auf. Sein Kopf schmerzte noch immer höllisch. Er tastete ihn ab. Er fühlte kein Blut. Aber eine Beule bildete sich bereits.

Wer war das gewesen?, fragte er sich erneut und wankte auf

seinen Schlafplatz neben Belana zu. Ein versprengter Schattenländer?

Der Täter hatte an seinen Hals gegriffen ... Hatte der Kerl wirklich das Röhrchen rauben wollen?

Denkbar, grübelte Raven und spann den Gedanken weiter. Wenn es wirklich so gewesen sein sollte, dann musste der Typ wissen, wie wertvoll das Röhrchen und sein Inhalt waren. Also ein Insider, ein Vertrauter ...

Raven schluckte. Mysticon? Vielleicht spielte der sein eigenes Spiel. Womöglich wollte er das Röhrchen stehlen, Raven und seine Freunde ausschalten und dann allein zu Enya fahren, um den Schlüssel für Paxtonia zu finden. Dann müsste er das Wasser, das es dort so reichlich geben sollte, nicht teilen – vorausgesetzt, dass er auch Enya tötete.

Was für ein Plan ... Den traute Raven Mysticon durchaus zu.

Raven schlich zur Stretchlimousine. Mysticon lag in dem Wagen und schnarchte. Oder tat er nur so?

Raven fluchte leise. Er hatte keine Beweise gegen Mysticon und beschloss daher, seinen Verdacht gegen ihn zunächst für sich zu behalten. Einmal mehr war er wütend, dass er und seine Freunde auf diesen Mann angewiesen waren, weil schließlich nur er den Weg zum Tower kannte.

Raven weckte Belana und die anderen und berichtete von dem Überfall. Alle waren völlig entsetzt. Auch Mysticon schien schockiert.

Sie suchten nach irgendwelchen Spuren, doch das erwies sich in der Dunkelheit schnell als sinnlos. Dann wurden verschiedene Theorien entwickelt, wer der Angreifer hätte sein können.

Später untersuchte Belana die Beule im Licht einer Taschenlampe und meinte: „Ist nicht weiter schlimm. Willst du eine Tablette?“

„Nicht nötig. Wir sollten sie für schlimmere Schmerzen sparen“, erwiderte Raven und sorgte dafür, dass eine Wache aufgestellt wurde.

Am nächsten Morgen brachen sie wie üblich in aller Frühe auf. Ravens Kopfschmerzen hatten deutlich nachgelassen, und weil ihn der Traum nicht wieder heimgesucht hatte, fühlte er sich nicht so schlecht wie befürchtet.

Bevor sie losfuhren, rief Mysticon: „Wenn wir gut durchkommen, sind wir heute Abend in Wendora – ein verlassenes Kaff, in dem wir übernachten können. Ich schätze, dass wir in zwölf Stunden da sind. Tja, und dann ist es nur noch eine Tagestour bis zum Tower!“

Raven nickte. Hoffentlich gab es keine weiteren Zwischenfälle mehr. Die kommende Nacht würde er im Auto verbringen und die Türen verschließen, damit man ihn nicht wieder so einfach überfallen konnte.

Er schaute zu Mysticon, der gerade seinen Motor aufheulen ließ. War er wirklich der Angreifer gewesen oder verdächtigte er ihn zu Unrecht?, überlegte Raven wieder einmal. Die Ungewissheit, wer hinter der Attacke steckte, war quälend und genauso schlimm wie der Überfall selbst. Er beschloss, Mysticon nicht mehr den Rücken zuzudrehen.

DER SCHWARZE SEE

Wie leer gefegt lagen die Darklands vor ihnen, eine schier endlose Weite, verbrannt und gebleicht von der versengenden Kraft der Sonne. Die Fahrt verlief glatt, nichts und niemand hielt die Gefährten auf. Unterwegs kamen sie an zwei ausgestorbenen Kleinstädten, einigen einsamen Farmen und schließlich an einem Kernkraftwerk vorbei, bevor sie, wie von Mysticon angekündigt, am Abend die ersten Häuser von Wendora erreichten.

Der kleine, menschenleere Ort lag an einem ausgetrockneten Flussbett und bestand aus einer breiten Hauptstraße mit einigen Läden, deren Fensterfronten staubig waren, einer verwaisten Tankstelle, einem Burger-Lokal und einem Rathaus samt angebauter Schule. Einige Gassen zweigten von der Hauptstraße ab wie dünne Arterien von der Aorta und führten in kleine Wohnviertel.

Big T begann wieder mit dem Kochen, während sich Mysticon und Zerron um ihre Motoren kümmerten. Sie füllten Öl und Sprit nach. Dippy erkundete den Ort auf eigene Faust.

Raven gesellte sich zu Big T. „Was gibt's denn heute Feines?"

„Termiten in Ameisensud", scherzte Big T.

„Wow. Klingt fantastisch. Wenn wir dich nicht hätten …"

Big T sah auf ihn herab, was nicht etwa einer gewissen Arroganz, sondern einfach seiner Körpergröße geschuldet war. „Wie meinst du das? Willst du mich auf den Arm nehmen?"

„Das würde ich gar nicht schaffen, Big T", erwiderte Raven. „Dafür bist du viel zu schwer. Aber mal im Ernst: Ohne dich wären wir ziemlich aufgeschmissen."

Big T winkte ab. „Unsinn, ich bin nur der Fahrer vom Trummer und der Koch."

„Nein, du bist viel mehr, Big T."

„Ach ja?"

„Klar, Mann", bekräftigte Raven. „Niemand schleudert so den Bumerang wie du. Außerdem bist du immer dort, wo es wehtut."

Big T grinste. „Wo es anderen wehtut. Den Sledgehammern zum Beispiel", korrigierte er. „Oder diesen verdammten Schattenländern."

„Ganz genau", sagte Raven. „Ich bin sehr froh, dass du bei diesem Höllentrip dabei bist."

Mit diesen Worten ließ er den zufrieden lächelnden Big T an seinem Kochtopf zurück und ging zu Belana. Kurz darauf spazierten sie zusammen zur alten Schule.

„Erinnert mich ein bisschen an unser Hauptquartier in Blackpool", sagte er, als er mit ihr vor dem Eingang stand.

„Ja", stimmte sie zu. „Wie es Hank und den anderen wohl geht? Hoffentlich haben die Sledgehammer sie noch nicht erwischt."

„Hank ist ein kluger Kopf", erwiderte Raven. Aus seiner Stimme war Zuversicht herauszuhören. „Er wird schon dafür sorgen, dass alles gut geht."

„Aber die Zeit läuft ihnen davon", gab Belana zu bedenken. „Ihre Vorräte halten nicht ewig."

Raven betrat einen Klassenraum. Bänke und Tische waren umgestürzt, und über die Tafel verlief ein hässlicher gezackter Riss. Auf dem Tisch des Lehrers stand ein Becher mit zwei Stiften. Eine kleine Spinne hatte dazwischen ihr Netz gespannt.

„He, das müsst ihr euch ansehen", wehte in diesem Moment Dippys helle Stimme durch ein zerstörtes Fenster, das von Kinderzeichnungen eingerahmt war.

Raven und Belana verließen die Schule.

Dippy stand mitten auf der Hauptstraße und wedelte mit den Armen. „Ich habe einen See entdeckt! Kommt!"

Einen See? Wie konnte das sein? Raven schaute zu Belana. Das wäre ein Traum!

Mit den anderen rannte er Dippy hinterher, der in eine Gasse abbog.

Dippy führte sie schließlich an einer Ansammlung verdorrter Büsche vorbei zu einer Senke.

„Ich fasse es nicht!", jubelte Big T. „Da vorn ist wirklich Wasser!"

Der See war nur noch etwa hundert Meter entfernt und nicht viel mehr als ein Tümpel mit sandigen, kahlen Ufern. Sein Wasser war ungewöhnlich dunkel, schon fast schwarz.

„Hinein!", schrie Big T übermütig, riss sich das T-Shirt vom Körper und rannte los. Rollercoaster überholte ihn kläffend.

Yellow blieb jedoch bei Mysticon. „Hm, den See habe ich bei meinem letzten Besuch gar nicht gesehen", sagte er. „Na ja, ich war ja auch nur auf der Durchreise zu euch und hatte es eilig."

„Komisch, dass es hier überhaupt Wasser gibt, der Fluss ist doch ausgetrocknet. Nun, vielleicht wird er von einer unterirdischen Quelle gespeist wie der Silver Lake in Blackpool", meinte Raven, während er Big T hinterherschaute.

Irgendetwas gefiel ihm nicht – und als der Pitbull nur noch wenige Meter vom Wasser entfernt war, wusste Raven, was es war.

„Halt!", rief er. „Nicht reinspringen!"

Big T stoppte und drehte sich um. „Warum?"

Rollercoaster sprang hechelnd um ihn herum.

Raven eilte zu ihnen, die anderen im Schlepptau.

„Das ist die einzige Wasserstelle weit und breit in den Darklands und ich frage mich, warum hier nicht irgendwelche Menschen sind. Oder wenigstens Tiere ...“, sagte er.

Big T kratzte sich am Hinterkopf. „Stimmt ...“

Raven ließ seinen Blick über die Wasseroberfläche schweifen. Plötzlich bemerkte er, dass an einer Stelle Dämpfe aufstiegen. Was war das? Eine heiße unterirdische Quelle?

Er trat an das Ufer heran, ging in die Knie, tauchte den rechten Zeigefinger in das Wasser. Das Wasser war warm, stellte Raven fest und führte den Finger an die Nase. Angewidert verzog er das Gesicht. „Puh, die Brühe stinkt.“

Dippy hockte sich neben Raven und roch ebenfalls an dem Wasser. „Erinnert mich ein bisschen an eine ganz bestimmte Suppe“, sagte er so leise, dass es Big T nicht hören konnte.

„Du übertreibst“, erwiderte Raven und musste sich ein Grinsen verkneifen. Doch plötzlich weiteten sich seine Augen vor Entsetzen.

„Vorsicht!“, schrie er und machte einen Satz nach hinten, wobei er Dippy mit sich riss.

Dicht unter der Wasseroberfläche flog ein riesiger Schatten auf sie zu. Jetzt tauchte ein Kopf auf – und Raven stockte der Atem.

Es war ein langer und ausgesprochen hässlicher Schädel mit einer enormen Schnauze, und Raven dachte zunächst, dass es sich um ein besonders großes Krokodil handele, das da auf sie zukam.

„Weg hier!“, brüllte er und wandte sich mit den anderen zur Flucht.

Im Rennen warf er einen Blick über die Schulter. Das Biest war aus dem Wasser gekrochen und verfolgte sie. O Gott, dachte Raven, das war kein Krokodil, denn seit wann hatte ein Krokodil derart viele Beine?

Das war eher ein grauenhafter, mutierter Riesenwurm – ein Tausendfüßler, der gut zehn Meter lang war und den eine Laune der Natur mit einem furchterregenden Gebiss ausgestattet hatte.

Auf seinen vielen Beinen war das Biest verdammt schnell. Der Vorsprung der Gefährten schrumpfte.

Mit jagendem Atem erreichten sie die Hauptstraße von Wendora, wo ihre Fahrzeuge standen.

„Aufteilen!“, schrie Raven, der hoffte, so das Tier zu verwirren.

Die Bestie stürmte Big T hinterher, der aus ihrer Sicht der größte Happen war.

Schon lag der Bogen in Ravens Händen. Er zog einen der Pfeile hervor, die mit einer Sprengladung versehen waren.

Jetzt hatte Big T den Trummer erreicht und kletterte aufs Dach, Rollercoaster unter dem Arm.

Das Vieh richtete sich vor dem Fahrzeug auf und schnappte nach den beiden.

Raven zielte sorgfältig – dann verließ der Pfeil die surrende Sehne und bohrte sich in den Schädel des Biestes, wo er explodierte. Der riesige Wurm fiel in sich zusammen.

Mit bleichem Gesicht kletterte Big T vom Trummer.

„Danke, guter Schuss“, lobte er Raven.

Rollercoaster wusste vermutlich nicht, worum es ging, wollte sich aber ebenfalls bedanken: Es sprang an Raven hoch und versuchte, seine Hände abzulecken.

„Was ist das?“, fragte Belana, die mit Dippy, Zerron, Mysticon und Yellow hinzugekommen war. Angeekelt tippte sie mit der Fußspitze gegen den noch von der Jagd dampfenden Leib des Viehs.

„Keine Ahnung, vielleicht irgendeine Mutation“, sagte Mysticon mit gerunzelter Stirn.

„Gut möglich“, sagte Raven. „Das Wasser des Sees scheint giftig oder verstrahlt zu sein. Ich vermutete, dass der Tsunami damals radioaktives Material aus dem Kernkraftwerk, das wir vorhin gesehen haben, in den See spülte. Und in dieser Brühe gedieh das Monstrum.“

Belana seufzte. „Wir sollten bloß ein Stück weiterfahren. Wer weiß, ob es hier noch so eine Mutation gibt“, meinte sie.

„Ja, wir übernachten irgendwo in der Wüste. Dort mache ich uns etwas Feines zum Essen“, sagte Big T und fragte mit einem Blick auf das Biest: „Ich könnte euch heute sogar frisches Fleisch anbieten.“

„Untersteh dich!“, rief Belana lachend. „Und jetzt lasst uns abhauen.“

Nach wenigen Kilometern schlugen sie ihr Lager in einer Senke auf.

Big T kochte eine Art Eintopf und niemand fragte nach, was darin enthalten war.

Bevor sie sich schlafen legten, lief Raven mit Belana noch einmal zur Straße, die sich in der Weite zwischen einigen Dünen verlor.

„Der Weg führt vermutlich zum Tower. Morgen sind wir schon bei deiner Schwester!“, rief Belana und klang regelrecht aufgekratzt.

Raven musterte seine Schuhe. Er war unendlich gespannt auf Enya und überlegte, was er tun würde, wenn er vor ihr stand. Ihr die Hand geben? Lächerlich, oder? Sie in die Arme schließen? Das war womöglich uncool und übertrieben.

„He, was ist denn das?", rief Belana unvermittelt und deutete nach rechts.

Raven schreckte aus seinen Gedanken hoch und blickte in die Richtung, in die Belana zeigte. So sah er gerade noch, wie jemand hinter dem Kamm einer Düne verschwand. Und wenn ihn nicht alles täuschte, so hatte dieser Jemand auf einem Motorrad gesessen – auf einem Motorrad mit Beiwagen!

„Mist, war das etwa einer der Sledgehammer?", stieß Raven hervor.

„Was sollte ein Sledgehammer hier wollen?", antwortete Belana.

Ravens Gedanken wirbelten.

„Uns verfolgen", sagte er und zog Belana hinter einen trockenen Busch, damit sie außer Hörweite der anderen waren.

Belana wirkte nervös. „Aber warum? Die Hammer haben Blackpool quasi in ihrer Hand."

„Sie wissen von Paxtonia. Ich hatte ja schon einmal so einen Verdacht. Erinnerst du dich, als ich kurz vor Notch Staub am Horizont gesehen habe? Ich glaube, sie folgen uns seit Blackpool. "

Doch Belana blickte ihn immer noch fragend an. „Aber … von Paxtonia? Das würde bedeuten …"

„… dass wir einen Verräter unter uns haben", sagte Raven.

DER TOWER

Wie geplant schlief Raven in dieser Nacht im X-Bow. Der Wagen mochte eine wahre Rakete und extrem geländegängig sein, aber eines bot er sicher nicht: Schlafkomfort.

Mit steifen Gelenken quälte sich Raven bei Sonnenaufgang aus dem Schalensitz, um mit den anderen zu frühstücken.

Raven und Belana erwähnten den Motorradfahrer nicht. Zum einen, weil sie nicht wussten, ob es sich tatsächlich um ein Mitglied der Sledgehammer gehandelt hatte. Zum anderen, weil Raven nach wie vor seinen Verdacht nicht laut äußern wollte, da er keine Beweise für einen Verrat hatte und befürchtete, dass er einen Keil des Misstrauens in die kleine Schar treiben würde, sobald er damit herauskam.

Dann verließen sie das Lager und folgten der Piste in Richtung Norden. Rollercoaster saß glücklich neben Big T und hatte wieder die Sonnenbrille auf.

Wie am Vortag verlief die Fahrt ohne Zwischenfälle.

Am frühen Abend entdeckte Raven einen schmalen Streifen Wasser am Horizont.

Das Meer!, jubelte er innerlich und beschleunigte.

Eine Staubfahne hinter sich her ziehend, rasten die Gefährten auf die Küste zu und gelangten zu einer Ansammlung ärmlicher Hütten, vor der sie anhielten. Niemand ließ sich blicken.

Viel imposanter als die ängstlich geduckt wirkenden Häuser war das, was sich einige hundert Meter vom kieseligen Ufer entfernt aus dem Wasser erhob: eine ebenso gigantische wie heruntergekommene Ölplattform.

„Bitte sehr, das ist der Tower. Hier leben Enya und ihre Waters“, sagte Mysticon, der an seiner Limousine lehnte und sich einen Schluck aus einem Fläschchen gönnte.

Raven schaute zu dem rostigen Giganten, der auf vier mächtigen Beinen ruhte, die jeweils dreißig Meter lang waren. Die Plattform verfügte über einen etwa siebzig Meter hohen Bohrturm, drei riesige Kräne, mehrere wuchtige Tanks und einen sechsgeschossigen Wohnblock samt Hubschrauberlandeplatz. Ein Gewirr von Rohren und Leitungen zog sich über die gesamte Anlage.

Schwere Geschütze säumten den Rand der Plattform und Raven ahnte, dass der Empfang alles andere als freundlich sein könnte.

„Die Ballermänner gefallen mir gar nicht", sagte nun auch Zerron, während er mit dem Bō auf sie deutete. „Ruf Enya doch mal an, Raven, und sag ihr, dass du es bist, der sie besuchen will. Dann schießen sie vielleicht nicht auf uns."

„Sehr witzig", erwiderte Raven schmunzelnd und wandte sich an Mysticon: „Wie bist du damals auf die Plattform gekommen?"

Mysticon deutete zu dem Dorf, das aus etwa einhundert Hütten bestand. „Ich habe mir ein Boot von den Fischern geliehen und bin einfach hinübergerudert. Da ich allein war, haben die Waters in mir wohl keine große Gefahr gesehen und freundlicherweise davon abgesehen, den Kahn und mich zu durchlöchern."

„Okay, dann versuchen wir es auch auf diese Tour", meinte Raven. „Hoffentlich wohnt überhaupt noch jemand in diesem Nest."

„Das glaube ich schon", erwiderte Mysticon. „Die haben sich vermutlich nur versteckt, weil sie Angst vor uns haben. Ich weiß auch nicht, was ich machen würde, wenn ein Trummer auf mein

Haus zurollte, der von einem Riesen gesteuert wird und neben dem ein Pitbull mit Sonnenbrille sitzt."

Mysticon ging zum ersten Haus und klopfte an. Zunächst geschah nichts. Als aber Mysticon begann, mit beiden Fäusten gegen die Tür zu bollern, wurde sie doch einen Spalt geöffnet.

Eine kleine Frau erschien. Ihr Gesicht war dunkel und runzelig und erinnerte Raven, der an Mysticon vorbeispähte, an eine Rosine. Ihre Gestalt war gebeugt. In ihren Augen, die Mysticon musterten, lag Furcht, aber auch eine Spur Erkennen.

„Ich bin es, Mysticon", sagte dieser. „Du erinnerst dich an mich?"

Sie nickte.

„Wir brauchen ein Boot", ergänzte er. „Nur für einen Tag. Wir können euch Wasser dafür geben."

Die Augenbrauen der alten Frau ruckten nach oben. „Wasser?", fragte sie heiser. „Kommt rein."

Mysticon und die Deserts betraten die Hütte. Sie hatte eine niedrige Decke und bestand aus zwei Räumen. Der größere, der sich direkt hinter der Eingangstür auftat, war zugleich Wohnstube und Küche. An einem groben Holztisch saßen zwei Kinder und eine junge Frau mit bleichem Gesicht. Direkt hinter ihnen lag ein Mann mit geschlossenen Augen auf einer Bank in der Nähe des steinernen Herds. Darüber war ein Rauchabzug, neben dem ein Kruzifix hing. Das war der einzige Wandschmuck.

Auf einen Wink der alten Frau hin sprangen die Kinder von der Bank und huschten in das angrenzende Zimmer, dessen Tür sie hinter sich schlossen. Die jüngere Frau blieb jedoch sitzen und knetete nervös ihre Hände. Immer wieder schaute sie zu dem Wolf mit dem einen gelben Auge.

„Ich bin Agnetha“, sagte die Alte und deutete auf die Frau mit dem bleichen Gesicht. „Das ist meine Tochter Sal. Ihr Mann …“ Nun zeigte sie auf die Gestalt auf der Bank. „… heißt Pete. Er hat seit ein paar Tagen starkes Fieber.“

„Konntet ihr ihm ausreichend zu trinken geben?“, fragte Belana.

Agnetha seufzte. „Das hätten wir gern. Aber wir haben kaum noch Wasser.“

„Wie kommt das?“, fragte Mysticon. „Als ich das letzte Mal da war, herrschte daran kein Mangel.“

„Wir haben zwei kleine, einfache Meerwasserentsalzungsanlagen“, erklärte Agnetha. „Doch die sind schon uralt, und eine davon ist vor zwei Wochen kaputtgegangen. Es gelang uns bisher nicht, die Maschine zu reparieren. Nun ist zu wenig Trinkwasser für alle da. Die Rationen, die jedem zustehen, werden immer knapper. Es gab bereits die ersten Diebstähle. Misstrauen vergiftet das Zusammenleben im Dorf … Tja, und weil Pete nicht mehr rausfahren kann, um zu fischen, haben wir auch nicht mehr viel zu essen.“

Raven schaute zu Belana. „Gib Pete Wasser, soviel er braucht.“

Sie nickte. „Ich habe auch noch ein fiebersenkendes Medikament.“

Raven nickte. „Gut. Und ihr, Zerron und Dippy, guckt euch mal die Maschine an. Vielleicht bekommt ihr sie zum Laufen.“

Agnetha traten Tränen in die Augen und sie nahm Ravens Hand in ihre. „Danke, vielen Dank!“, brachte sie leise hervor.

Zerron und Dippy machten sich sofort an die Arbeit. Dabei wurden sie von einigen anderen Fischern umringt, die ihnen argwöhnisch über die Schultern schauten.

Parallel kümmerte sich Belana um den kranken Pete. Sie gab ihm zwei Tabletten, machte ihm kalte Wickel und flößte ihm mit Sal immer wieder Wasser ein.

Nach zwei Stunden wachte der Fischer wieder auf, doch er war noch zu schwach, um sich zu erheben.

Raven, Big T und Mysticon unterhielten sich mit der alten Agnetha.

„Was wollt ihr mit dem Boot?", fragte sie. „Doch nicht etwa rüber zu dieser verfluchten Bohrinsel?"

„Genau das", erwiderte Raven.

„Aber wozu?"

Raven reagierte ausweichend. „Ein Besuch unter Freunden."

Agnetha schüttelte den Kopf. „Freunde? Die Waters haben keine Freunde. Wer hat schon Freunde in diesen Zeiten?"

„Wir brauchen das Boot und geben euch dafür Wasser", meinte Raven.

Agnetha ignorierte das Angebot. „Man wird euch im Tower nicht willkommen heißen", meinte sie. „Ganz im Gegenteil. Vermutlich werden die auf euch schießen."

„Gebt ihr uns ein Boot?", fragte Raven unbeirrt.

Sie schaute ihn lang an und sagte dann: „Na gut, ich habt uns schließlich auch geholfen."

Da drang von der Straße Jubel in Agnethas Hütte. Dippy und Zerron hatten es tatsächlich geschafft: Die Maschine lief wieder!

Die Fischer waren deswegen so froh, dass sie kein Wasser für das Boot verlangten – zumal es auch Pete besser ging. Sal war überzeugt, dass das Fieber bereits ein wenig heruntergegangen war.

Belana war sich da keineswegs sicher.

„Ich kann ihnen noch drei von den Tabletten hierlassen, aber nicht mehr", sagte sie leise zu Raven. „Hoffen wir, dass es reicht. Der Glaube versetzt bekanntlich Berge."

Kurz darauf saßen die Gefährten dicht gedrängt in einem kleinen Fischerboot mit Außenborder, den Big T bediente.

Vorn im Bug hockten Rollercoaster und Yellow und ließen sich den Seewind um die Ohren wehen.

Langsam tuckerten sie auf die Ölplattform mit ihren Geschützen zu.

Je näher sie kamen, umso größer und abweisender wirkte der rostige Riese auf Raven.

Plötzlich bemerkte er eine Bewegung an einem der mächtigen vier Stützpfeiler der Plattform. Eine Luke war aufgegangen, und fünf ungewöhnliche Fahrzeuge kamen auf sie zu.

„Das sind Watercars", erklärte Mysticon. „Eine Mischung aus Auto und Boot. Die Dinger haben knapp dreihundert PS und fahren an Land über Tempo zweihundert. Auf dem Wasser erreichen sie fünfzig Knoten, also etwa neunzig Stundenkilometer."

„Nicht schlecht", lobte Zerron. „Aber sagt mal: Haben die etwa Waffen dabei? Da sind doch Kanonen oder irgendwelche Abschussvorrichtungen, wenn mich nicht alles täuscht."

„Stimmt", murmelte Raven, der plötzlich sehr froh war, dass er seinen Bogen dabeihatte.

Die Watercars schwärmten jetzt aus und kamen fächerförmig auf sie zu. Mysticon erhob sich und winkte.

Die Antwort war ein dumpfer Knall. Aus dem Geschütz des ersten Watercars flog etwas, das sich einen Wimperschlag später knapp unter der Wasseroberfläche in den Rumpf des Bootes der Freunde bohrte.

„Verdammt, das ist ein Dreizack!", schrie Dippy, während unter seinen Füßen Wasser ins Boot schoss.

„Köpfe runter!", brüllte Raven und Mysticon ließ sich blitzartig auf die Bank fallen.

Raven schoss auf das vordere Watercar, doch sein Pfeil wurde vom nächsten Dreizack im Flug getroffen und abgelenkt. Er zischte ins Meer.

„Gegen die haben wir keine Chance", ahnte Belana. „Wir bräuchten das Maschinengewehr, um die Typen auf Distanz zu halten."

„Richtig", sagte Raven wütend. „Aber wieso greifen die uns überhaupt an? Ich dachte, dass sie dich kennen, Mysticon!"

„Das dachte ich auch", erwiderte dieser. „Aber ..."

Tock – der nächste Dreizack landete im Rumpf. Diesmal bekam Zerron nasse Füße.

„Aufhören!", schrie Mysticon, doch die Waters dachten gar nicht daran.

Tock, Tock, Tock – ihr Boot bekam einen Treffer nach dem anderen. Von allen Seiten schäumte Wasser in den Kahn, der sich bedrohlich zur Seite neigte. Allen war klar, dass die Nussschale beim nächsten Treffer untergehen würde.

Schon kam der nächste Dreizack geflogen ...

ENYA, HERRIN
DER WATERS

Kann irgendeiner von euch etwa nicht schwimmen?", fragte Big T, der den fiependen Rollercoaster auf dem Arm hatte.

Doch so weit kam es nicht. Kurz bevor der Kahn absoff, gingen zwei Watercars längsseits, nahmen die Gefährten an Bord und entwaffneten sie. Raven mit Spy, Belana sowie Big T und Rollercoaster kamen in das eine Boot, Dippy, Zerron und Mysticon mit Yellow in das andere. Jede Bootsbesatzung bestand aus zwei Waters – einer steuerte das Schiff, der andere war mit einer Harpune bewaffnet, mit der man die Dreizacke verschießen konnte.

Raven blickte in ein feindseliges Gesicht. Die Spitzen des Dreizacks waren eine Armlänge von seiner Brust entfernt. Vorsichtshalber nahm er die Hände hoch.

„Wer seid ihr, was wollt ihr?", fragte der Krieger der Waters.

„Erkennt ihr mich nicht wieder? Ich bin's doch, Mysticon. Nehmt die Waffen herunter, wir kommen in friedlicher Mission."

Der Mann mit dem Dreizack lachte, während seine Waffe blieb, wo sie war. „Natürlich erinnere ich mich an dich. Aber damals warst du allein. Jetzt aber kommst mit einer Bande Krieger."

Mysticon deutete auf Raven: „Das ist Raven. Er ist Enyas Bruder und will zu ihr. Die anderen sind seine Freunde aus Blackpool."

Der Krieger musterte Raven und seine Freunde argwöhnisch. Dann nickte er dem anderen Krieger am Steuer zu.

Die Watercars beschleunigten und fuhren mit den Gefährten zu einer der mächtigen Stelzen, auf denen die Plattform ruhte. Das Fischerboot wurde abgeschleppt.

Immerhin nehmen sie uns mit, dachte Raven. Sie hätten uns auch mit ihren Harpunen zum Grund des Meeres schicken können.

Unten war eine kurze Pier, an der die Fahrzeuge vertäut wurden. Dann trieb man die Gefährten zu einer großen Klappe im Pfeiler. Über eine schier endlose Metalltreppe gelangten sie hinauf zur Plattform.

Jetzt standen sie auf dem Arbeitsdeck, über dem Möwen kreisten. Staunend blickte sich Raven um. Überall verliefen rostige Rohrleitungen. Tanks ruhten wie riesige Schildkröten in der Sonne. Dazwischen war ein Gewirr aus Gängen, Eisentreppen und Stegen, das von den Auslegern der Kräne und den mächtigen Geschützen überragt wurde. Irgendwo blubberte ein Dieselmotor, unterlegt vom Summen eines Generators. Es roch nach Öl und Seeluft.

„Da lang", kommandierte einer der Waters und führte die Gefährten zu dem sechsgeschossigen Wohnblock. Nach wie vor waren die Harpunen auf sie gerichtet.

Über eine weitere Treppe gelangten sie Etage für Etage hinauf. Schließlich waren sie ganz oben. Mit einem Fußtritt öffnete einer der Waters eine Tür. Vorbei an einer Wand voller abgeschalteter Monitore gelangten sie in einen großen Raum, der zu drei Seiten verglast war.

Vor einer der Scheiben stand eine schlanke Frau, deren hellbraune Haare ihr bis zur Hüfte fielen. Sie blickte aufs Meer hinaus.

Ravens Herz schlug höher. Das musste Enya sein! Enya ... das Kind aus seinen Träumen, das hilflos in den Wogen trieb, dem Tod geweiht.

„Hier sind die Verrückten, die glauben, den Tower mit einem Holzboot stürmen zu können", sagte einer der Krieger.

„Wir kommen in friedlicher Absicht", wiederholte Mysticon.

„Halt den Mund, alter Narr!", wurde er von dem Wächter angeschrien.

„Enya! Ich bin es, Mysticon", redete er unbeirrt weiter.

„Soll ich ihn zum Schweigen bringen?", fragte der Krieger und hob die Harpune mit dem Dreizack.

Enya drehte den Deserts nach wie vor den Rücken zu. Jetzt machte sie eine Handbewegung, als wolle sie eine Fliege verscheuchen.

„Nein, lass ihn leben."

„Wie gnädig!", stieß Belana mit mühsam unterdrückter Wut hervor. „Und was für ein freundlicher Empfang ..."

Enya überhörte das. „Was willst du von mir, Mysticon?", fragte sie.

„Ich bringe dir deinen Bruder und den zweiten Teil der Karte von Paxtonia."

„Was?" Enya wirbelte herum, und nun sah Raven endlich ihr Gesicht. Er hielt die Luft an. Noch nie hatte er, mit Ausnahme von Belana, eine hübschere junge Frau gesehen. Enyas leicht schräg stehende Augen waren eisblau, die Nase klein und spitz, ihre Lippen voll und elegant geschwungen. Ihr Gesicht verriet Stolz, Selbstsicherheit und eine Prise Hochmut.

Sie musterte Raven und ihre Augen glommen auf, als sie das Kettchen sah – wie Glut, durch die ein Windstoß fährt. Enyas Lippen öffneten sich, als wolle sie etwas sagen, doch sie blieb stumm.

Raven war wie geblendet und ebenfalls unfähig, auch nur ein einziges Wort herauszubringen.

Enya! Raven war überwältigt, aber auch unsicher, weil er mit dieser Situation nicht umzugehen vermochte. Er wusste nicht wohin mit seinen Händen, seinen Blicken, seinen Gefühlen. Unwichtiges wie die Frage, ob seine Zwillingsschwester ihm ähnlich sah, schoss ihm durch den Kopf.

Dann bemerkte er das Kettchen, das sie wie er um den Hals trug, und sein Puls beschleunigte sich abermals. Wenn sie doch nur die beiden Röhrchen öffnen und das Geheimnis um die Karte lüften könnten!

Nun lächelte Enya ganz leicht, doch ihre Augen, die nach wie vor auf ihm ruhten wie ein Leuchtfeuer, lächelten nicht mit.

Als Raven bewusst wurde, dass er seine Schwester unverwandt regelrecht anglotzte, schaute er für einen Moment beschämt zu Boden, um den Blick jedoch gleich wieder zu heben. Er konnte einfach nicht anders.

Auch Zerron, der neben Raven stand, schien von Enya fasziniert. Jedenfalls schnappte Raven ein leises „Wow!“ auf.

Rollercoaster schien die Begeisterung der beiden für Enya jedoch überhaupt nicht zu teilen. Er begann zu knurren.

Die Herrin der Waters ignorierte den Hund und gab ihren Kriegern ein Zeichen, die daraufhin die Waffen senkten.

Nun winkte sie Raven heran. Er trat aus der Reihe seiner Gefährten hervor und machte ein paar Schritte auf sie zu.

Sobald er genau vor ihr stand, blickte sie ihm in die Augen und ihm kam es so vor, als schaue sie geradewegs in sein Herz. Es war ein prüfender, ein forschender Blick. Jetzt streckte sie die Hand aus und fuhr mit dem Zeigefinger ganz sanft die Konturen seines Gesichtes nach.

„Ich dachte, du seist tot“, flüsterte sie dabei.

Raven schluckte und konnte nicht verhindern, dass eine Träne über seine Wange lief.

„Ich … ich bin so froh, dass du jetzt hier bist“, fuhr Enya fort.

Sie trat an ihn heran und senkte den Kopf, bis er ihre Stirn an seiner spürte. Für eine kleine Ewigkeit, die nur ihnen allein gehörte, standen sie so.

Dann schlossen sich die Geschwister in die Arme. Raven genoss ihre Nähe und Wärme, er ließ sich fallen und verlor sich in dem Gefühl, das ihn einhüllte wie eine warme Decke.

Niemand in dem großen Raum wagte es, auch nur ein Wort zu sagen.

Jetzt löste sich Enya zu Ravens Bedauern aus seinen Armen.

„Setzt euch“, forderte sie die Deserts und Mysticon auf und schritt voran zu einem großen Tisch. „Ihr habt sicher Hunger und Durst. Seid meine Gäste.“

Raven taumelte ihr hinterher. Sein Platz war rechts von Enya, die wie eine Königin am Kopfende des Tisches thronte. Zu ihrer Linken saß Mysticon, neben dem Belana Platz genommen hatte. Deren Gesicht verriet nach wie vor Misstrauen und Reserviertheit. Wie Rollercoaster, der zu Füßen von Big T hockte und auf Brocken vom Tisch wartete, schien sie keineswegs von Enya angetan zu sein.

Kurz darauf wurde ihnen ein Mahl serviert, das im Wesentlichen aus Fisch und Brot bestand.

„Wo hast du die letzten zehn Jahre gesteckt?“, fragte Enya Raven leise.

Er überlegte einen Moment. Wo sollte er beginnen?

Dann erzählte Raven von seiner Ankunft als kleiner Junge in Blackpool, von seinem Leben als Boscos Arbeitssklave, von Zerron und von den Deserts. Anschließend berichtete er, wie sie ihre eigene kleine Welt inmitten der Trümmerlandschaft aufgebaut und immer wieder verteidigt hatten.

„Doch dann kamen die Sledgehammer", sagte er und erzählte von deren verheerendem Angriff, ihrer Flucht aus Blackpool, dem Verrat durch die Nebelnomaden und dem Kampf mit den Schattenländern. Dabei erwähnte er auch die Rolle von Spy und Yellow.

Enya war begeistert von den klugen Tieren. Nur den Pitbull Rollercoaster schien sie nicht zu mögen.

Als Raven fertig war, gab sie ihm eine kurze Zusammenfassung, wie es ihr ergangen war. Nach einer abenteuerlichen Flucht aus der von der Naturkatastrophe zerstörten Heimat hatte sie sich – ähnlich wie ihr Bruder – einer Horde herumirrender Jugendlicher angeschlossen.

„Durch Zufall stießen wir vor einigen Jahren auf diese verlassene Ölplattform", sagte Enya. „Wir schauten sie uns näher an und beschlossen, hierzubleiben und sie ein wenig umzubauen. Das Ding lässt sich sehr gut verteidigen. Wer uns angreifen will, braucht Boote – außerdem sieht man Feinde schon auf große Entfernung. Bisher haben erst zwei Banden versucht, die Plattform zu erobern. Wir haben ihre Boote versenkt – und die Typen gleich mit."

Raven sog die Luft ein. „Okay … Dann haben wir ja noch mal Glück gehabt."

Er holte das Röhrchen hervor. „Jeder von uns hat so eines von Vater bekommen …"

„Vater“, wiederholte sie tonlos. „Kannst du dich noch an ihn erinnern?“

„Nein“, gab Raven zu. „Meine frühesten Erinnerungen wurden gelöscht.“

Langsam nickte Enya. „Wie schade … ich sehe ihn noch vor mir …“

Das gab Raven einen Stich. „Wie war er?“

Enya lächelte schwach. „Er war sanft. Klug. Manchmal aber auch ein wenig ungeduldig. Wenn immer es ging, hat er uns etwas von der Welt gezeigt. Wir haben sehr viele Ausflüge unternommen.“

Raven fühlte sich leer und ausgeschlossen aus diesen schönen Erinnerungen. Er hoffte, dass diese irgendwann wiederkommen würden.

Ausflüge …, dachte er weiter. Ihr Vater hatte ihnen die Welt gezeigt. Auch die Deserts hatten noch eine Art Ausflug vor sich, wenn auch einen sehr besonderen.

Raven konzentrierte sich wieder auf das Hier und Jetzt und meinte: „In meinem Röhrchen ist der eine Teil einer Karte. Du hast den anderen, Enya. Wenn wir die beiden zusammenfügen, gelangen wir hoffentlich nach Paxtonia. Dort soll es jede Menge Wasser geben!“

„Ein Traum“, sagte Enya. „Auch wir im Tower haben schließlich mit ständiger Wasserknappheit zu kämpfen. Ich kann mich nicht erinnern, wann es das letzte Mal geregnet hat. Wie die Fischer sind wir auf Entsalzungsanlagen angewiesen. Doch wir haben nur eine einzige auf der Plattform, und die ist alt. Wenn sie kaputtgehen sollte, sind wir verloren. Früher oder später wird das der Fall sein.“

„Ein Grund mehr, dass wir uns zusammentun und Paxtonia finden", sagte Raven und legte sein Röhrchen auf den Tisch. Ganz vorsichtig, als sei es aus dünnem Glas und nicht aus Metall.

Nun schauten alle zu Enya. Mit einem angedeuteten Lächeln folgte sie Ravens Beispiel.

Nachdem Mysticon auch Enya erklärt hatte, wie die Röhrchen zu öffnen seien, steckten die Geschwister die Verschlüsse behutsam aufeinander. Sie griffen ineinander wie die Hände eines alten, vertrauten Paares.

Es herrschte erneut eine tiefe feierliche Stille in dem großen Raum.

Raven kaute auf seiner Unterlippe, als er sein Röhrchen sanft gegen den Uhrzeigersinn drehte.

Nichts.

Noch einmal, jetzt mit etwas mehr Kraft.

Es knackte ganz leise, und Raven spürte, wie der Verschluss nachgab. Er ließ sich öffnen!

Sein Mund wurde trocken, sein Puls hämmerte.

Klack, die Verschlüsse fielen ineinanderverhakt auf den Tisch. Niemand achtete darauf, alle hatten nur Augen für das, was in den Röhrchen steckte.

Mit spitzen Fingern zogen Raven und Enya jetzt je ein Stück gerolltes bräunliches Papier heraus und breiteten die beiden Stücke vor den neugierigen Augen aus.

„Oh", sagte Enya nur.

Auch Raven war im ersten Moment maßlos enttäuscht, weil die Zeichnungen verblasst und schlecht zu erkennen waren. Wie gehörten die beiden Teile überhaupt zusammen?

Er begann, sie mit Enya hin und her zu schieben.

War der ganze Aufwand umsonst gewesen, würden sie Paxtonia niemals finden?, fragte sich Raven dabei und schaute kurz in die Gesichter seiner Freunde. Vor allem Belana wirkte traurig.

„Nein, so", meinte jetzt Enya und platzierte die beiden Teile neu. Raven konzentrierte sich wieder auf die Karte.

„Ja!", stieß er hervor. „So macht es Sinn. Hier ist eine Küstenlinie, da wohl eine Wüste und dort eine Bergspitze. Interessant, die sieht aus wie eine Gabel. Und das Kreuz markiert sicher den Zugang zu Paxtonia!"

„So wird es sein", meinte Mysticon, der nicht minder aufgeregt klang, und tippte auf eine bestimmte Stelle der Karte. „Diesen Berg mit den vier Spitzen habe ich schon einmal gesehen, als ich die Darklands durchstreifte! O Gott, ich war in der Nähe von Paxtonia und bin sozusagen daran vorbeigefahren ..."

„Wo liegt der Tower von Paxtonia aus gesehen?", fragte Enya.

„Deine Plattform ist auf dieser kleinen Karte nicht mehr eingezeichnet. Wir sind ein gutes Stück östlich von unserem Ziel und brauchen uns nur in Richtung Westen halten", erwiderte Mysticon.

Enya strahlte, und das machte sie in den Augen von Raven und Zerron noch schöner. „Wunderbar. Ich werde euch begleiten."

„Was geschieht mit deinen Leuten, den Waters?", fragte Raven.

„Ich werde es so machen wie du und sie nachholen, falls wir Paxtonia wirklich finden", erwiderte sie. „Bis dahin sollen sie den Tower verteidigen und die alte Entsalzungsanlage in Gang halten. Denn wenn wir bei unserer Suche scheitern sollten, ist der Tower besser als nichts."

Enya griff nach den beiden Karten, doch Belana war schneller. Sie schob den Teil, der Raven gehörte, zu ihm.

Raven rollte ihn zusammen und deponierte ihn in seinem Röhrchen, was Enya mit hochgezogenen Augenbrauen registrierte. Dann revanchierte sie sich, indem sie den anderen Teil einsteckte.

„Wir könnten gleich morgen früh aufbrechen“, schlug sie vor. „Diese eine Nacht könntet ihr auf der Plattform schlafen. Wir haben genügend Platz.“

„Sehr gute Idee“, meinte Raven. „Wie steht es mit Sprit und Wasser?“

„Wir werden eure Vorräte auffüllen können, sodass es bis Paxtonia reichen sollte.“

Wenig später saßen die Deserts mit Mysticon und den drei Tieren in einem der schmucklosen Aufenthaltsräume.

„Mir wäre es lieber gewesen, wenn wir noch heute aufgebrochen wären“, meinte Belana.

„Warum denn das?“, fragte Raven. „Es ist bereits dunkel. Das ist doch viel zu gefährlich.“

Belana schüttelte den Kopf. „Ich vermute, dass es gefährlicher ist, hier die Nacht zu verbringen ...“

Raven verschränkte die Arme vor der Brust. „Wie meinst du das?“

„Ich traue Enya nicht“, sagte sie.

„Wie bitte?“, fragte Raven überrascht. „Warum denn nicht?“

Belana zuckte mit den Schultern. „Keine Ahnung. Das ist so ein Gefühl. Was ist, wenn sie uns heute Nacht von ihren Kriegern überfallen und töten lässt?“

„Unsinn, warum sollte sie das tun?“, rief Zerron aufgebracht, bevor Raven für Enya Partei ergreifen konnte.

„Du bist naiv, Zerron, und offensichtlich auch blind“, meinte Belana mit ungewöhnlicher Schärfe. „Meinst du, mir wäre entgangen, wie du sie angehimmelt hast?“

„So ein Quatsch!“, brauste Zerron auf und wurde rot.

Raven fragte sich, ob sein Freund sich ertappt fühlte oder einfach nur wütend war.

„Kein Quatsch!“, erwiderte Belana kalt. „Und ich sage dir auch, warum Enya das tun könnte: Sie braucht zwar nicht uns, um nach Paxtonia zu kommen, wohl aber den anderen Teil der Karte! Wenn sie ihn raubt, uns ausschaltet und Paxtonia findet, muss sie das Paradies nicht mit uns teilen. So einfach ist das.“

Raven blies die Backen auf. „Du spinnst, und sie ist immer noch meine Schwester“, sagte er.

„Genau“, schnaubte Zerron und tippte sich an die Stirn.

Er und Belana stritten sich noch eine Weile. Schließlich erreichte sie zumindest, dass reihum einer von ihnen Wache schob. Zudem sollten Rollercoaster und Yellow im Flur vor den Türen zu den Räumen der Gefährten aufpassen.

Gegen drei Uhr morgens saß Raven vor der Tür auf dem Boden, den Rücken gegen die kahle Wand gelehnt. Spy und Rollercoaster leisteten ihm Gesellschaft. Während der Pitbull zu dösen schien, hüpfte die Krähe um Raven herum. Er schaute den langen Gang hinunter. Alles war still und friedlich. Belana sah wirklich schon Gespenster, dachte Raven.

Langsam sank sein Kopf auf die Brust. Kurz bevor Raven einnickte, schreckte er wieder hoch.

Verdammt, er sollte Wache schieben und nicht schlafen!

Okay, also wieder in die Dunkelheit starren …

Um wach zu bleiben, malte Raven sich aus, was sie in Paxtonia erwartete. Wasser im Überfluss – unvorstellbar! Womöglich konnten sie Felder anlegen und bestellen. Vorbei wären dann die Zeiten, wo sie sich mit den Händlern in Blackpool herumschlagen mussten.

In Paxtonia würde es auch keine Banden geben, gegen die sie sich verteidigen mussten, keine Kämpfe mehr. Alles fast zu schön, um wahr zu sein.

Raven atmete tief ein und aus und träumte vor sich hin. Wogende Felder, blühende Wiesen und Obstbäume, deren Äste sich unter der Last der Früchte bogen. Wasserfälle, Regenbogen, klare Teiche. Und Belana, die …

Was war das gewesen?

Ein Schatten, am Ende des Ganges, nicht mehr als ein Schemen. Ravens Blicke jagten umher. Er sah Rollercoaster, der ein Ohr gehoben hatte und Spy, der nervös auf und ab tippelte und jetzt mit den Flügeln schlug.

Leise stand Raven auf. Seine Augen brannten in der Dunkelheit.

Jemand kam auf ihn zu, mit langsamen, fließenden Bewegungen. Wer war das? Hatte der Kerl Raven schon gesehen, war er bewaffnet?

In dieser Sekunde knurrte der Pitbull und die Gestalt stoppte, wandte sich um und floh den Gang hinunter.

Raven rannte ihr hinterher, gelangte zu einer Tür und riss sie auf. Er blickte in ein düsteres Treppenhaus. Seine Finger tasteten an der Wand entlang, bis sie einen Schalter entdeckten und ihn drückten. Licht flutete über die Treppen, doch niemand war zu sehen. Irgendwo schlug eine Tür.

Nachdenklich kehrte Raven zu seinem Posten zurück. Er überlegte, ob er die anderen alarmieren sollte. Doch weswegen eigentlich? Jemand war in dem Gang gewesen, der zu ihren Zimmern führte.

Na und?

Raven entschied sich dagegen, seine Gefährten zu wecken, und setzte sich wieder neben die Tür. In den wenigen Stunden bis zum Sonnenaufgang blieb es ruhig.

Zwei Watercars brachten am nächsten Morgen die Freunde, Mysticon, Enya, mehrere Benzinfässer sowie das beschädigte Fischerboot vom Tower zur nahen Küste. Oben auf der Plattform standen etwa fünfzig Waters, die Harpunen zum Abschied gehoben.

Enya drehte sich noch einmal um und winkte ihnen zu.

Kurz darauf hatten sie das Fischerdorf erreicht, und die Gefährten gaben das Boot zurück. Die Fischer waren zuversichtlich, es reparieren zu können.

Dann betankten die Freunde ihre Fahrzeuge, und während das eine Watercar zur Bohrinsel zurückkehrte, blieb Enya hinter dem Steuer des anderen sitzen. Neben ihr lag griffbereit eine Harpune mit Dreizack.

Belana rollte auf ihrem Bike zu Ravens X-Bow.

„Es tut mir leid“, sagte sie.

„Was?“

„Dass ich gestern so misstrauisch war“, antwortete sie. „Ich hätte das nicht sagen sollen. Sie ist deine Schwester und du bist glücklich, dass du sie wiedersiehst. Ich wollte dich nicht verletzen und hätte meinen Verdacht besser für mich behalten.“

Raven spürte, wie eine Gänsehaut seine Unterarme überzog. Die Gestalt in der Nacht … Belanas Misstrauen war vielleicht doch nicht so unbegründet.

„Ist schon okay“, erwiderte er obenhin.

Sie lächelte ihn an. „Bald sind wir in Paxtonia und dieser ganze Mist ist vergessen.“

Hoffentlich, dachte er nur und schaute zu seinen Begleitern, die gerade eine Art Formation bildeten. Ganz vorn war Mysticons Limousine, der wieder die Führung übernehmen würde.

Mysticon – auch jemand, den man neben Enya ein wenig im Auge behalten sollte, nahm sich Raven vor.

Nun fuhr Enya zur Spitze des kleinen Zuges. Als sie auf der Höhe von Mysticon war, hielt sie an, stellte sich auf den Fahrersitz und drehte sich zu den anderen um. Ihre langen Haare wehten im Wind.

„Auf nach Paxtonia!“, rief sie und reckte die Faust in den Himmel.

„Ja, los geht’s!“, brüllte Big T im Trummer.

Auch die anderen stimmten in das Gebrüll ein. Nur Raven schwieg. Dann setzte sich die Kolonne in Bewegung.

Raven schaute den Gefährten ein paar Sekunden hinterher. Dabei fasste er in sein Hemd und spürte das kühle Metall des Röhrchens. Sein Schatz, die Karte, sein Weg, das Ziel. Ihr Ziel.

Endlich schnippte er den ersten Gang rein und gab Gas. Der X-Bow schoss los.

Raven blieb am Ende des Zuges, er bildete die Nachhut. Stunde um Stunde verging, sie kamen gut voran und allmählich wichen seine Zweifel und machten Platz für Zuversicht und Euphorie.

Doch dieses schöne Gefühl war nicht von Dauer. Denn als Raven einen Blick in den Rückspiegel warf, sah er weit hinter sich mehrere Punkte, die sich schnell bewegten. Wenn ihn nicht alles täuschte, waren das Fahrzeuge, die sich ihnen näherten …

ENDE TEIL 1

Als **Fabian Lenk** (geboren 1963) selbst noch ein Kind war, wollte er unbedingt Schriftsteller werden. Auch Musiker oder Archäologe waren Ziele.

Alles brotlose Kunst!, lautete vielfach das Urteil. Also studierte Fabian Lenk Diplom-Journalistik und war 25 Jahre als Reporter tätig. Doch er schrieb auch Bücher. Zuerst veröffentlichte er Krimis für Erwachsene, inzwischen schreibt er hauptsächlich für Kinder und Jugendliche. Rund 200 Titel sind bisher erschienen, die in viele Sprachen übersetzt wurden.

Die „Darklands"-Bücher sind seine ersten Titel bei Kosmos.

Musik macht Fabian Lenk übrigens auch. Seine eigenen Songs findet ihr bei YouTube unter *FabiBeat.*

Fabian Lenk wohnt mit seiner Frau in der Nähe von Bremen. In seinem Arbeitszimmer stehen unzählige Bücher, zwei Computer, ein Schlagzeug und fünf Boxen, die 200 Watt erzeugen.

Arne Jysch, Jahrgang 1973, hat in Hamburg und Potsdam Kommunikationsdesign und Animation studiert. Seit Ende der 90er Jahre arbeitet er als Storyboardzeichner, Animator und Drehbuchautor.

Er zeichnet für sein Leben gern Comics für Erwachsene. Darklands ist sein erstes Jugendbuchprojekt.